# اللہ کے نام پر

(افسانے)

واجدہ تبسم

**Allah ke naam par** *(Short Stories)*

by: Wajida Tabassum

Edition: May '2025

Publisher :

*Taemeer Publications LLC* (Michigan, USA / Hyderabad, India)

ISBN 978-93-5872-287-1

9 789358 722871



| | | |
|---|---|---|
| کتاب | : | **اللہ کے نام پر** (افسانے) |
| مصنفہ | : | **واجدہ تبسم** |
| صنف | : | فکشن |
| ناشر | : | تعمیر پبلی کیشنز (حیدرآباد، انڈیا) |
| سالِ اشاعت | : | ۲۰۲۵ء |
| صفحات | : | ۱۲۲ |
| سرورق ڈیزائن | : | تعمیر ویب ڈیزائن |

# فہرست

# شادی

"بی بی - پانی نہالیو - میں حمام تیار کردی -"

صندل نے دبے پاؤں آکر جہاں بانو کو اطلاع دی - مگر جہاں بانو اس وقت چھپر کھٹ پر اوندھی لیٹی مزے مزے میں ٹانگیں ہلا ہلا کر کوئی چٹ پٹا سا ناول پڑھ رہی تھی - صندل کی بات جیسے اس کے کانوں میں پڑی ہی نہیں - جب صندل نے دوبارہ کہا "بی بی پانی ٹھنڈا ہو جائیں گا -" تو جہاں بانو اٹھ کر بیٹھ گئی - ایک ہاتھ سے کتاب دور پھینکتی، دوسرے ہاتھ سے صندل کو اپنے بستر میں گھسیٹتی بولی "اللہ صندل تیرے کو نبی کا واسطہ - میرے کو روز روز یہ مصیبت میں مت ڈالا کر، -"

صندل دید سے پھاڑ کر بولی -" بی بی پانی نہانا مصیبت ہے -"

"صندل" وہ کھلکھلائی "آج میرا دل نہلانے کو بالکل نئیں چاہ را۔ میرے بدلے تو اُبٹن مل کو موگرے ملے پانی سے نہالے۔"

"ہور نہا کو؟" صندل مسکرائی۔

"نہا کو آج تو اپنی سیج سجالے۔"

"کمرہ جوان ہنسیوں سے کھبر کھیر گیا۔

نکو نکو۔ میرے کو معاف کردیو۔ صندل ہنستی شرماتی ہوئی بولی "یہ نہانے دھونے آپ کو اچ مبارک۔

سارا سلسلہ یہ تھا کہ جہاں بانو، جس کی شادی کو ۔۔۔ سال بھر سے بھی زیادہ ہو چکا تھا۔ جب بھی میکے آتی: "مما جانی" اس کے وہی چاؤ چونچلے کرتیں۔ جو نئی دلہن بننے والی لڑکیوں کے ہوتے ہیں کہ رات ہی سے سر دھونے کے لئے مسالہ بھگویا جا رہا ہے۔ شیکا کائی ابل رہی ہے۔ جسم دھونے کے لئے ابٹن چکسے کی تیاری کا حکم صادر کیا جا رہا ہے۔ دامادوں کو خوش ایک طریقہ یہ بھی تو ہے کہ بیٹیوں کو خوشبوؤں میں مہکا کر، عطر پھلیل میں بسا کر پیش کیا جائے ۔۔۔ اس خدمت پر ہمیشہ صندل مامور کی جاتی۔ کہ وہی بچپنے سے جہاں بانو کی دل لگ سہیلی تھی۔ جہاں بانو سے اس کی خوب پٹتی تھی اور خود اسے بھی ان بی بی کا کام کرنے میں بہت مزہ آتا، ۔۔ جہاں بانو تو اسے سسرال بھی ساتھ ہی لے جانا چاہتی تھی، مگر مما جانی نے سوچا کہ یہ تو ایسی ہی بات ہوئی جیسے اپنے ہاتھوں بیٹی پر سوکن بٹھا دی۔ ویسے جب بھی جہاں بانو آتی وہی اس کی پیشوائی اور پیش خدمتی کو حاضر رہتی۔ دونوں مالکن اور نوکرانی کم، سہیلیاں زیادہ لگتیں۔ اسی مارے نوکروں کی بلیٹن جلن سے مرجاتی تھی۔

اُگے صندل — جانو کو نہلادی کہ نہیں؟" پرے صحن سے بڑی بیگم کی قریب آتی آواز سے ہوا کر صندل نے کمرے کا دروازہ دھڑ سے بند کرلیا

"ایو بی بی — خدا کے واسطے جلدی سے گھس کو حمام کا دروازہ بند کر لیو جی۔ نہیں تو بڑی پاشا میرے کو کِناڑ چھین گے کی بولا ہوا کام بھی نہیں کرتی۔"

"اللہ یہ بھی کوئی زبردستی ہے جی — کیا روز روز نہانا فرض ہے۔؟ جا بول دے میرے کو بخار ہے۔ میں نہیں نہاتی۔۔

"وہ مار بھی میرے اوپر اچ پڑیں گی نا۔ بڑی پاشا بولیں گے نہیں کہ جب معلوم تھا کی بچی کو بخار ہے تو مسلے ابٹنے کائے کو بھگائی، ہور میں تو ابٹن میں عطر بھی ملا کو رکھ دی ہوں۔ سب نخصان (نقصان) ہو گیا نا۔؟"

کہتے وضیل ہاتاں کرئی صندل تو — جب اتا ڈر ہے تو تو خود نہالے میں بول دیوں کی میں نے نہالی۔ تیری بھی بات رہ جائیں گی۔ میری بھی —"

اور جہاں بانو نے صندل کا ہاتھ پکڑ کر گھسیٹا اور اٹیچڈ باتھ روم کا دروازہ کھول کر اسے اندر دھکیل دیا۔

تھوڑی دیر تک تو جہاں بانو ناول پڑھتی رہی پھر چپکے سے اُٹھ کر باہر والے میدان کی طرف ہولی۔ جہاں اس کے میاں اور اس کے بھائی دونوں ہی بچوں میں بچہ بنے، گلی ڈنڈا کھیل رہے تھے۔

---

صندل نے عطر ملے ابٹن سے اپنے جسم کو کیا ملا کہ جیسے انگ انگ کو دینے لگا۔ زعفران اور ہلدی والے چکپسے سے جلد کی رنگت سونا بن کر دمکنے لگی۔ سونا چاندی لنڈھاتے جسم پر آگے پیچھے بالوں کی لٹیں موتی برسانے لگیں۔ اپنی،

خوشبوؤں سے آپ مست ہونے والی ہرنی کی طرح اس نے کھونٹی کی طرف اپنا سونے کا ہاتھ بڑھایا۔ ایکدم اس کو گھن سی آئی ۔ اِتّے عطر مسالے چکسے سے نہاکو پھر وہی کے وہی کپڑے پہن لیوں ؟ چھی !" اصل میں جہاں بانو نے اسے ایسی جلدی میں غسل خانے میں ڈھکیلا تھا۔ کہ اسے واپس جا کر کپڑے لانے کی بھی سدھ نہیں رہی تھی ۔ اب نہانے کے بعد خیال آیا تو کیا آیا ؟۔ اس کی کوٹھری تو کافی دور تھی۔ "چلو یہ دوپٹہ اِچ اوڑھ کو چلی چلوں ۔"۔ ویسے بھی اس وقت زنان خانے میں آنے والا کون تھا۔ ؟

ہاتھ کا رنگا گلابی ململ کا دوپٹہ جو اس نے ابھی ابھی اتارا تھا۔ سارے بدن پر لپیٹ لیا۔ گیلے بدن سے لگتے ہی دوپٹہ یوں چپک گیا ۔ مانو کسی نے گوندھ سے مڑھ دیا ہو۔ گلابی ململ نے بدن سے لپٹ کر جیسے اسے شراب کی چھلچھلاتی بوتل بنا دیا۔ دروازے کے پاس جڑے ہوئے قدِ آدم آئینے میں اس نے اچٹتی نظروں سے اپنے سراپے کا جائزہ لیا تو اسے چکر سا آگیا

چکراتی ، ڈولتی ، اپنے آپ کو سنبھالتی جب وہ حمام سے نکل کر جہاں بانو کے کمرے میں آئی تو کلیجہ دھڑ سے اُڑ کر جیسے حلق میں آٹکا ۔

اندر سے چٹخنی لگائے ، دروازے سے پیٹھ ٹکائے یوسف پاشا کھڑے تھے ! ہر چند کہ یوسف پاشا بے حد شریف قسم کے آدمی تھے ۔ نور بانو جہاں بانو، کے بڑے بھائی ہونے کے ناطے اس کے ساتھ بھی ہمیشہ بڑا مشفقانہ برتاؤ رکھتے تھے ، کبھی کبھی جب نور بانو اور جہاں بانو کے لئے تحفے لاتے یا عیدوں پر چھوٹوں کو عیدی دیتے تو اس کے ہاتھ میں بھی عیدی ضرور تھما دیتے ۔ لیکن ان تمام باتوں کے باوجود انہوں نے یہ کب کہا تھا کہ میں مرد نہیں ہوں۔

یوں آگ اگلتی جوانی سامنے دیکھ کر وہ بری طرح سٹپٹا گئے ۔ ہڑبڑا کر بولے "میں گلی ڈنڈے میں ہار گیا تھا ۔ داؤں دینا جان پر آیا تو یہاں آکے چھپ گیا ۔ میرے کو معلوم نہیں تھا ...... ۔ وہ الفاظ ڈھونڈتے رہ گئے ۔ صندل کے دونوں ہاتھ یکبارگی اٹھے کہ کچھ چھپا لیں ۔ لیکن چھپانے کی کوشش میں وہ تو مجسم دعوت بن گئی ۔ ویسے بھی موٹی ململ کی اوقات ہی کیا ؟

یوسف میاں نے آج تک شراب نہیں چکھی تھی ۔ بس کالج سے حویلی ۔ حویلی سے کالج ۔ بہت ہوا تو اپنے یار دوستوں میں بیٹھ کر، کمرے کا دروازہ بند کر کے، "بابا حضور" کی نگاہوں سے بچ کر تاش کے پتے کھیل لئے ۔ لیکن آج انھیں اچانک احساس ہوا کہ شراب کا ذائقہ زبان اور ہونٹوں سے نہیں آنکھوں سے بھی چکھا جاتا ہے ۔ آج سے پہلے بھی ایک بار صندل نے ایسے ہی گیلے بدن کی آنچ سے انھیں جلانے کی کوشش کی تھی ۔ ہوا یہ تھا کہ وہ بیچارے اپنے دھن میں ناک نیچی کئے سیدھے زنان خانے میں چلے گئے ۔ وہاں چھوٹے کمرے میں صندل اپنی شلوار کے پائینچے گھٹنوں تک اوپر چڑھائے شیشے کی پنڈلیوں پر کسی بی بی کے ننھے بچے کو لٹائے پیرس سوپ سے نہلا رہی تھی ۔ بچہ تو نہلایا ہی جا رہا تھا ۔ خود صندل بھی بھیگ کر چڑیا بن گئی تھی ۔ دوپٹہ اتار کر اس نے الگ پلنگڑی پہ ڈال رکھا تھا ۔ پائینچے تو تھے ہی گھٹنوں سے اوپر جھک کر نہلاتے میں کالے کرتے کی بٹن پٹی سے چاند سورج الگ جھلکے پڑ رہے تھے ۔ کیا چھپا تھا اور کیا ڈھکا تھا ۔ یہ تو وہی جانے جس نے تاک جھانک کی ہو ۔ جلے پاؤں کی بلی کی طرح وہ وہاں ٹھہرے ہی کب تھے کئی دن تک پیرس سوپ کی جان لیوا خوشبو ان کے حواس پر چھائی رہی ۔

پڑھنے بیٹھتے تو کتابیں پیرس سوپ بن جاتیں لکھنے بیٹھتے تو قلم پیرس سوپ بن جاتا — ساری دنیا کی خوشبوئیں جیسے ایک پیرس سوپ کی خوشبو پر نثار تھیں ۔ بڑی مشکلوں سے کالج میں پڑھنے لکھنے میں جی لگایا۔

لیکن آج — ؟

پیرس سوپ کی وہ بہان یوا مہک مجسّم ان کے سامنے کھڑی تھی، بال بال سے قطرہ قطرہ ٹپکتا خوشبودار پانی — چمکتے کانچ اور شیشے کو مات دینے والی کھلی پنڈلیاں ۔ رگڑ رگڑ کر نہلایا ہوا گلابی دہکتا دمکتا جسم۔ ململ کے ایک حقیر سے گلابی دوپٹے نے کس کر سمیٹ رکھا تھا۔ اور پھر انگاروں کی طرح دہکتے سرخ ہونٹ —!

یہ اپنی جگہ سہمی ہوئی — وہ اپنی جگہ ہمّت کرتے ہوئے پتہ نہیں کتنی دیر یوں ہی گزر گئی ۔ تپتے ہوئے جسم کی حدت سے ململ کا دوپٹہ یہاں وہاں سے سوکھنے لگا — گلابیاں نکھرنے اور مزید پاگل کرنے پر کمربستہ ہو گئیں ۔ سانولے رنگ میں کیا خاص بات ہے، بہتوں کا ہوتا ہے — مگر، اس کمبخت کے سانولے پن میں جو دمک ہے، جیسے جسم میں کسی نے سونا پگھلا کر اندر بھر دیا ہو — وہ دمک رہ رہ کر بے قابو ہو جانے پر ابھارتی ہے — یوسف میاں حواس ہوتے ہوئے بھی پاگلوں کی طرح جھپٹے — صندل کو دونوں ہاتھوں پر پھولوں کی طرح سنبھال کر چھپرکھٹ پر لا کر یوں رکھا جیسے تو بیاہی دلہن ہو —

” صندل، ..... . صندل ... “ مدھم اندھیرے والے کمرے میں ان کی ڈوبی ڈوبی آواز اُبھری — ” میں تمہارے ان بالوں میں جن سے خطرہ خطرہ

پانی ٹپک رہا ہے ایک ایک میں سچا موتی پرودیوں گا۔ میں تم پر سے خربان ہو جاؤں گا۔ صندل آج کے بعد کبھی تم کو الگ نئیں کروں گا۔ میں سچی بولتا ہوں صندل میں تم سے شادی کریوں گا۔"

صندل کچھ نہ بولی۔ بولتی کیا؟ یہ وقت تو حویلی میں پلنے والی ہر، ہالکڑی ہر نوکر لڑکی، ہر ملازمہ پر آتا ہی تھا۔ یوسف پاشا نہ ہوتے، کوئی اور ہوتا۔ بکریوں کے گلے میں سے کوئی نہ کوئی بکری کسی نہ کسی بھیڑیئے کا نوالہ بنتی ہی۔۔ لیکن اس کے کانوں میں جیسے رس سا ٹپک رہا تھا۔ "میں سچی بولتا ہوں صندل میں تم سے شادی کریوں گا۔" (کم سے کم یہ الفاظ تو آج تک کسی اور خادمہ کے کانوں کا مقدر نہیں بنے تھے)

لمبے چوڑے چھپر کھٹ پر حیدر آبادی نگوں کے جوڑے کا ایک گوٹ ٹوٹ ٹوٹ کر ٹکڑے ہو گیا۔ یوسف میاں نے ٹوٹے ہوئے گوٹے کا ایک ٹکڑا اٹھا کر اپنی جیب میں رکھا، مڑی تڑی صندل کی ٹھوڑی اٹھا کر بڑے پیار سے بولے "آج کے پیارے دن کی یادگار— یہ ٹوٹی ہوئی چوڑی۔۔ اس کو میں سدا اپنے دل کے پاس والے جیب میں رکھوں گا۔"

انھوں نے پہلے تو ذرا سا دروازہ کھول کر چھری سی بنا کر دیکھا کہ کوئی ہے تو نہیں۔ جب میدان صاف پایا تو ہوا کے جھونکے کی طرح کمرے سے— اور صندل کی زندگی سے نکل گئے۔

تھے تو یوسف میاں بھائی بہنوں میں سب سے بڑے۔ لیکن شادی ابھی تک نہیں ہوئی تھی۔ بابا حضور نے بیٹیوں کا دونوں کا بیاہ کر دیا تھا— لڑکیوں کو پڑھ لکھ کر کون سی نوکریاں کرنی تھیں۔ مگر لڑکوں کی تعلیم تو پوری ہونی

ہی چاہیئے ۔ اسی لئے انہوں نے طے کر رکھا تھا کہ جب تک یوسف پاشا بی اے نہ کرلیں ، شادی کی بات سوچیں گے بھی نہیں ۔ منگنی ونگنی کے وہ قائل نہیں تھے خواہ مخواہ اٹکا کے چھوڑ دینا انہیں سخت ناپسند تھا۔ لڑکے لڑکیوں کا کال نہیں پڑا تھا ۔ بس انسان ارادہ کرلے ۔ ایک چھوڑ ہزار موجود ہیں۔ بیٹیوں کے کے بھی انہوں نے جھٹ منگنی پٹ بیاہ کئے تھے ۔ حالانکہ بڑی بیگم ہاں، ہاں کرتی ہی رہ گئی تھیں کہ ”اتنی جلدی پیغام آیا بھی قبول بھی کرلئے ۔ نہ دیکھے نہ بھالے ۔ مولا معلوم کیسے لوگاں ہیں ۔ کیا ہیں ۔“ مگر بابا حضور سنتے سب کی تھے ، کرتے دل کی ۔

اور اب یوسف میاں کا بی اے کا نتیجہ آتے ہی انھوں نے ان کے لئے بھی رشتہ ڈھونڈنا شروع کردیا۔ سلامت یار جنگ کی بیٹی ان کی بچپن کی دیکھی بھالی تھی ۔ اللہ جانے اس گھرانے پر کیا اللہ کی مار تھی کہ ایک بھی شکل ڈھنگ کی نہ تھی ۔ نوابوں کا گھرانا تھا مگر صورتیں دیکھو تو چماروں کی ۔ لیکن ان کی سب سے چھوٹی بیٹی زلیخا جیسے راستہ بھول کر اس گھر میں آنکلی تھی۔ چاند سا ماتھا ۔ کمر تک لٹکتے ہوئے چھوٹے ہی سہی، مگر خوب گھنے بال ۔ کنچوں کی طرح سبز آنکھیں، دودھ سے دھلی رنگت، ۔ اور قد و قامت اس قدر موزوں اور سبک کہ خدا ہی ایسی مورتی گھڑ سکتا تھا ۔۔ انگلش اردو سب پڑھی لکھی تھی ، اور پھر یہ کہ لاکھ بابا حضور حیدرآباد بھر میں اعتماد الدولہ شمار ہوتے تھے ، اور اشرفیوں پر چلتے تھے ۔ مگر آتا ہوا پیسہ بھی کسی کو برا لگتا ہے ؟ سنا گیا تھا کہ ایک ایک بیٹی کے نام سلامت یار جنگ نے دو دو لاکھ روپے نقد نقدی جمع کردی ہے ۔ اور اوپر سے دامادوں کے گھوڑے جوڑے الگ ۔ دان

دہیز، زیور، کپڑا، لتّا جلا، مماجانی کا سر نہیں پھرا تھا کہ وہ خواہ مخواہ بڑے نواب کی رائے رد کرتیں۔ جب سبھی کچھ برابر تھا تو بھلا شادی میں دیر کیوں ہوتی ــ؟ حویلی میں وہ آپا اُتر رہی ہیں، یہ خالہ جا رہی ہیں۔ رشتے ناطے کی ممانیاں، تائیاں چچیاں سب جمع ہونے لگیں۔ بڑے تام جھام سے پیام لے جایا گیا ـ سلامت یار جنگ جیسے سوچے ہی بیٹھے تھے کہ کب پیام آتا ہے اور قبول کرتے ہیں ــــ ہاں کا جواب ملتے ہی شادی کی تیاریاں شباب پر آ گئیں۔

اتنے سارے دنوں میں پھر کبھی یوسف پاشا جا کر زنان خانے میں جھانکے نہ صندل سے ان کی ملاقات ہی ہوئی اور سچ تو یہ ہے کہ کبھی ان کو خیال نہ آیا کہ کوئی ان کے ایک دعدے پر اپنی زندگی تک مار بیٹھا تھا۔ وہ تو اس واقعہ کو اس طرح بھول گئے تھے جیسے کوئی بے حد شدید بھوک میں ڈٹ کر کھانا کھالے، اور سیر ہو جائے

اب مہینوں گزر جانے پر یہ کب یاد رہتا ہے کہ کبھی کب بھوک لگی تھی، اور کیا کھایا تھا مرد تو وہی جو کھائے پیئے اور بھول جائے ــــ لیکن ادھر صندل، جیسے ساری دنیا سے ٹکر لینے کو تیار بیٹھی تھی ــ پیاموں کی اس کے لیے کمی کب تھی ــ تھی تو وہ حویلی کی پالکڑی چھوکری مگر پچھلے ایکھوں نے مماجانی کے پاس اس کے لئے پیغام بھجوائے تھے ــ جوانی کو تو پیچھے ڈالو وہ تو بندریا پر بھی آتی ہے تو اسے سندریا بنا دیتی ہے ـ صندل کی تو تھی ہی قاتل جوانی ــ مگر نوکرانی ہو۔ ہیتہ کے بادبوناس کا جو رکھ رکھاؤ، جو سلیقہ اور جو دل ہیبت لینے والے انداز تھے۔ وہ اسے بیگموں میں بٹھانے کے قابل بناتے تھے ــ بابا صفدر کی بیٹیوں کے سیلیقے، ماسٹروں اور استانیوں سے تھوڑا بہت لکھنا پڑھنا سیکھا۔ وہ الگ ــ پھر سارا جہاں بانو نور انو کی اُترن پہنی

جو برائے نام ہی اُترن ہوتی۔ ایک سے ایک عمدہ ریشمی جوڑے، غرارے شلواریں۔ تنگ پاجامے، کھڑے گلے کے کرتے، نیچے گلے کی کرتیاں۔ فیشن تو ان بہنوں پر ٹوٹ کر سوار رہتا تھا۔ اور ان سب کی حصہ دار صندل بھی بنتی۔ ایسے میں اس کا حسن اور بھی گمراہ کر دیتا۔ ممانی جانی کی ایک رشتے کی بہن نے تو اس کے لئے باقاعدہ پیام بھی بھجوا دیا تھا۔ ان کے بیٹے کسی عید پر سلام کرنے خالہ کے یہاں آئے تو سینی میں سوئیاں اور شیر خورمہ لئے، مخملی لباس پہنے۔ جھوٹے موتیوں کے زیور سے سجی سجائی صندل ہی سامنے آئی۔ یہ تو ایسے ہوش بھول بیٹھے کہ پوچھئے نہیں۔ ماں کو ٹھیل ٹھیل کر پیام بھجوا کر ہی دم لیا۔ مگر ممانی جانی نے ایک مونہہ لاکھ بول سنا کر چھوڑے۔ بابا حضور ہنس ہنس کر کہتے رہتے۔ ”اجی بیگم صاحبہ غریبی کوئی عیب تو ہے نہیں جو آپ ایک اچھے خاصے ہوتے رشتے کو توڑ دے رہیں۔“ لیکن ایسے موقعوں پر بابا حضور کی بھی ایک نہ چلتی۔

ان سب سے ہٹ کر بابا حضور کے خاص منشی جی کے بیٹے مراد کا تو یہ حال تھا کہ آتے جاتے صندل کے واری پھیرے جاتا۔ اس نے تو جیسے ہٹ ہی کر رکھا تھا کہ شادی کروں تو صندل سے، نہیں تو جان ہی دے دوں گا۔“ صندل اس کی محبت کو ہنس بول کر برداشت کرتی رہتی تھی۔ لیکن ادھر جب سے یوسف پاشا اسے کلی سے پھول بنا گئے تھے وہ انھیں کے گلے کا ہار بن کر جینے پر تل گئی تھی۔ اتنے بے شمار دنوں میں بس ایک بار دونوں کا آمنا سامنا ہوا۔ صندل عصر کی نماز پڑھ کر جا نماز تہہ کر کے رکھ رہی تھی۔ ابھی سفید دوپٹہ معصوم چہرے کے گرد بندھا ہی ہوا تھا، جیسے سارے آسمانوں کا نور اسی ایک چہرے پر اُتر آیا تھا۔ اسی دم باہر سے مار چیخوں پر چیخیں سنائی دینے لگیں۔ یوسف

میاں ہر نوکر اور نوکرانی کا نام لے کر پکار رہے تھے ۔ بھاگتے دوڑتے بہت سارے لوگ ان کے کمرے میں پہنچے تو پتہ چلا کہ ان کی جھک جھکاتی نئی سلکن قمیص پر سیاہی اوندھ گئی ہے۔ اور وہ ایک ایک سے داغ دور کرنے کی ترکیب پوچھ رہے ہیں ۔ مراد نے ان کو چونا ملنے کو کہا اور خود ہنسی روکتا باہر نکل گیا اس کے پیچھے باقی لوگ بھی چل دیئے ۔ بس وہ کھڑی رہ گئی ۔ جی چاہا پوچھے ۔ "ایک نامراد قمیص پر ذرا سا سیاہی کا چھینٹا پڑ گیا تو اس کے داغ دھو رہے ہو نواب ۔ لیکن جو میری چاندنی جیسی زندگی کو داغ داغ کر دیا ہے تو اُسے کون سے چُونے سے دھوؤ گے ۔ ؟" لیکن وہ بولی کچھ نہیں ۔ یوں ہی بیچارگی کی تصویر بنی کھڑی رہی ۔ اچانک یوسف میاں نے پلٹ کر دیکھا ۔ اللہ اللہ کس قدر انجان نگاہیں تھیں ! کہاں تو صندل سوچ رہی تھی کہ اسے دیکھتے ہی یوسف پاشا کو کچھ نہ کچھ تو یاد آئے گا ۔ انگاروں کی طرح دہکتے ہوئے ہونٹوں کا کوئی بھبھلا بسرا بوسہ ، گیلے بدن کی کوئی لَو ۔ اور کچھ نہیں تو حیدرآبادی نگوں والے گوٹ کا ٹوٹا ٹکڑا ہی ۔ لیکن انھوں نے کہا تو صرف اتنا کہا "ارے تو اتی دبلی کائے سے ہو گئی ۔ ؟"

اس طرح بس دو ہی سبق میں پیار کا پورا ڈرامہ ہی ختم ہو گیا۔ اور اب تو حویلی میں وہ دھومک دھیا تھی کہ کان پڑی آواز نہ سنائی دیتی تھی ۔ پہلے تو خود حویلی ہی اتنی بڑی کہ زور لگا کر چیخو تو ایک کمرے سے دوسرے کمرے تک آواز نہ جائے۔ اور اب تو شادی کی چیخ دیکار مچ رہی تھی، تنگ آ کر ممانی نے دالان میں نوکروں کو بلانے کے لئے ایک گھنٹہ ٹنگوا دیا۔

ایسے شور شرابے میں صندل کی سسکیاں کون سنتا ؟ ۔

جتنا بڑا گھرانہ تھا، اتنا ہی بڑا سمدھیانہ بھی ملا۔ زلیخا بیگم، کے دولہا میاں کو ایک نہ دو پورے پانچ لاکھ کل دار روپے جوڑے گھوڑے کے ملنا طے پائے بیٹی کا جہیز الگ رہا۔ داماد بیٹی کے لئے ایک خوبصورت سجی سجائی کوٹھی الگ، ہیرے زمرد، یاقوت کے کانٹوں، گلے اور ہاتھوں کے سیٹ الگ، سونے کا پاندان، سونے کا اگال دان، سونے کا چھپر کھٹ، سوا سو جوڑے۔ ہر جوڑا گوٹے ٹھپے سے لیس مہندی کے روز ہی جہیز اور لین دین کی پوری فہرست سلامت یار جنگ نے بھجوادی تھی۔ تاکہ اہل دعیال کے سامنے اعلان کر دیا جائے۔ شادی کے دعوتی رقعے چھپوانے میں ایک جدت یہ برتی گئی کہ سونے کے پتروں پر حروف کھدوائے گئے تھے۔

جس دن شادی کی بارات چڑھی، حیدر آباد کی سڑکوں کا یہ عالم تھا کہ کھوئے سے کھوا چھلتا تھا۔ بیٹی والوں کی شان ایک طرف، دولہا والے جب نکلے تو چڑھاوے کا وہ عالم تھا کہ یہاں سے وہاں تک سوا چاندی کے تھالوں طشتوں کے کچھ نظر ہی نہ آتا تھا۔ ہزاروں کی تعداد میں "خانگی این (یا وردی، سپاہی") ان تھالوں کی حفاظت کرتے ہوئے چل رہے تھے۔ جو لاکھوں روپے کے سامان اور زیور سے بھرے ہوئے تھے۔

بارات چارمینار کی چوڑی چکلی سڑک سے ہوتی ہوئی جب معظم جاہی رنڈ تک پہنچی تو نکاح کا وقت جو رقعوں میں پانچ بجے شام کھدوایا گیا تھا ٹل کر سات کے قریب پہنچ چکا تھا ــــ اور ابھی بھی اونچی اونچی شکر میں بگھیاں، ٹانگے، ہاتھ رکشائیں اور موٹریں خراماں خراماں دلہن کی ڈیوڑھی تک پہنچے ہی جارہی تھیں۔

نکاح میں آدھ پون گھنٹے کی دیر ہوئی کہ مما جانی نے اس سنہری صندوقچی کا جائزہ لیا، جس میں دولہن کو نکاح سے پہلے چڑھایا جانے والا زیور بند تھا کھول کر دیکھا تو یاد آیا کہ سب سے قیمتی کوئی سوالاکھ کا جو ہیروں کا سیٹ تھا وہ حویلی میں ایک الماری ہیں ہی بھول آئی ہیں۔ دو چار آدمیوں کو دوڑا کر انھوں نے اعتماد الدولہ کو اندر زنان خانے کے دروازے تک بلوایا اور گھبرا کر کہا "اُجاڑ یا دیو مٹی پڑو۔ وہ اصلی زیو رتو میں حویلی میں اچ بھول آئی آپ جلدی جاکر لالیو نہیں تو بڑی بھد اُڑیں گی۔"

نواب صاحب نے کچھ ناک کان چڑھانے چاہے تو وہ ہولا کر بولیں "اَیّو آپ خودچ جاکو لاؤ جی۔ اتنا بھاری زیور۔ میں کسی کا بھروسہ نئیں کرسکتی۔"

ناچار نواب صاحب خود ہی موٹر پر بیٹھے، ڈرائیور نے تیزی سے گاڑی چلائی۔ سجی سجائی مگر اس وقت خالی ڈھنڈار حویلی میں گھستے چلے گئے۔ جس کمرے میں دلہن کو لاکر اتارنا تھا۔ وہ مما جانی کے کمرے سے ہی ملا ہوا تھا الماری کھول کر انھوں نے ہیروں کا سیٹ نکالا۔ اُلٹے پیروں واپس ہونے ہی کو تھے کہ ہچکیاں اور سسکیاں سنائی دیں۔" ساری حویلی تو اُٹھ کو سمدھیانے گئی ہے۔ اب یہاں کون رونے بیٹھا ہے۔ انہوں نے منہ ہی منہ میں کہا اور کمرے میں جھانکا۔

زرتار پھولوں سے لدی مسہری کے ایک کونے پر سر ٹکائے صندل بے تابانہ رو رہی تھی۔

'صندل ۔ تو ۔ ؟ نواب صاحب حیرت سے بولے: "کیا ہوا تجھے

شادی میں کیوں نہیں گئی تو؟"

صندل نے آج تک کبھی نواب صاحب کی طرف سر اٹھا کر دیکھنے کی جرأت تک نہیں کی تھی۔ لیکن آج محبت کی مار نے اسے ہر خوف اور ہر ڈر بھرے جذبے سے آزاد کر دیا تھا۔ وہ تڑپ کر اٹھی اور بلکتی ہوئی نواب صاحب کے سینے سے جا لگی،

"بابا حضور....."

نواب صاحب کا دل دھڑک اٹھا۔

"کیا ہوا صندل — تو اتنا رو کیوں رئی ہے۔؟" وہ گھبرا گئے۔

صندل جگر پھاڑ کر بولی "آج میرے پیٹ میں بچہ ہوتا تو پھری محفل میں بدنام کر دیتی کہ دیکھو لوگو یہی وہ آدمی ہے جس نے مجھ کنواری کو پھسل دیا۔ اور آپ دولہا بن کو بیٹھا ہے۔ پر میں تو وہ بدنصیب ہوں بابا حضور جو لٹ کر بھی نہ لٹی۔...."

نواب صاحب نے رک رک کر صدمے کے ساتھ پوچھا "کیا یوسف پاشا تم کو کچھ بولے؟"

"بولے؟" وہ روتے روتے غصہ اور طنز کے ساتھ بولی "اس ایک بول نے تو میری زندگی اجاڑ کر دی کہ میں تم سے شادی کر لیوں گا۔" وہ پھر رونے لگی بابا حضور میں اسی ایک بول پر اپنے کو مٹا بیٹھی، لٹا بیٹھی، نئیں تو بابا حضور میں عورت نہیں تھی چٹان تھی..... ایک اچ وعدہ نے میرے کو تباہ کر دیا...."

"یوسف پاشا تجھ سے وعدہ کئے تھے کہ شادی کر لیوں گا؟" نواب صاحب انگلی اٹھا کر بولے "سچ بولتی تو؟"

"جی ہو بابا حضور — سچی میں جھوٹ نہیں بولتی —" وہ سسکتے ہوئے کہنے لگی —" اسی واسطے میں جُھک بھی گئی تھی بابا حضور — نئیں تو میں اتنی کچی نئیں تھی — دلہن بننے کی چاہت میں میں تو اُجڑ گئی — بابا حضور ....."

نواب صاحب نے لپک کر اس کے منہ پر ہاتھ رکھ دیا —" ایسے بدشگونی کی باتاں مت کر صندل بیٹی —" وہ اس کا سر اٹھا کر بولے —" بیگم صاحبہ تیرے کو یوسف پاشا کی شادی کے واسطے کوئی بھاری جوڑا نہیں سلائے —؟"

سلائے تو — مگر میرا دل پہننے کو نئیں چاہا —"

" اچھا جا — جلدی سے وہ جوڑا تو پہن لے —"

---

ایک ہاتھ میں ہیروں کا سیٹ، اور دوسرے ہاتھ میں صندل کا ہاتھ تھامے نواب اعتمادالدولہ گاڑی سے اُترے — زنان خانے میں جاکر بیوی کو بلایا، حُکم دیا —" چڑھاوے کا سارا زیور، ہیروں کے سٹ سمیت صندل کو پہنا دیو —"

یہاں سے وہاں تک ساری حویلی میں کھلبلی مچ گئی — بیگم صاحبہ ہاں، ہاں کرنے لگیں تو چلا کر بولے —" جو ہم کہتے ہیں وہ کرو — آپ کو معلوم ہم جو بہتر سمجھتے ہیں وہ کرتے ہیں — وہ غصّہ میں سدا خود کو "ہم" بولنے لگتے تھے —

بھری محفل اور سجی مسند سے یوسف میاں کا ہاتھ پکڑ کر اٹھا، زنان خانے میں لائے، صندل کے چہرے سے زرتار گھونگھٹ اُٹھا کر بولے —" اس لڑکی کو پہچانتے ہو میاں ؟"

یوسف میاں کچھ نہ بولے — نواب صاحب نے کہا — گود گرم کرتے

چلے جاتے ۔ ہم کو اعتراض نہ ہوتا ، مگر میاں تم شادی کا وعدہ کرکے اور توڑ دیتے ـــــ یہ مردوں کی زبان جو ہے ـــ" انھوں نے اپنی زبان نکال کر انھیں دکھائی ـــ" ایک بار جو کہہ دے پورا بھی کرتی ہے ۔" وہ نرم لہجے میں گرجے ـ" میں آپ کی زبان سے سننا چاہتا ہوں یوسف میاں کہ آپ صندل بیگم سے خوشی خوشی شادی کریں گے ۔ اور اسے خوش بھی رکھیں گے ۔"

یوسف میاں نے سر اٹھا کر انھیں دیکھا تو وہ اسی لہجے میں کہے گئے ۔ زلیخا بڑے باپ کی بیٹی ہے ۔ اس کو تم نیش بھی بیلے ہے تو اس کو تم سے اچھے دس بر مل جائیں گے ۔ مگر اس دل کو توڑ کر تم سکھ سے رہ سکیں گے میاں ؟"

یوسف میاں نے ذرا ڈرتے ہچکتے پاس کھڑی ہوئی صندل کی طرف اک نگاہ کی ہی تھی کہ نواب صاحب کے چہرے پر گلال سا بکھر گیا ۔ مسکراتے ہوئے انھوں نے بیٹے کا ہاتھ پکڑ کر اپنی طرف کھینچا مردانے کی طرف جاتے ہوئے بولے :۔

" میں دلہن کا باپ ہوں ـــ سوا لاکھ سے کم مہر پر یہ شادی نہیں ہونے دوں گا ـــ سمجھے دولہا میاں ؟"

# جھوٹن

"حرام زادے، باداں دیاریا کی مذاخ کرریارے؟" بڑے سرکار نے زور سے لات ماری اور کلوا ایک لڑھکنی کھا دُور جا گرا۔

"ہاتھاں کا دم کاٹے سے چلا گیا؟ حرام خوروں کو کِتا بھی کھلاؤ پلاؤ خون میں جو مستی ہور کام چوری کی عادت ہے سو ہے! اُٹھ ذرا زور دے کو دبا۔"

کلوا اپنی مٹھی بھر ہڈیوں کو سمیٹتا، سہلاتا اُٹھا اور پھر بڑے سرکار کے شاندار بستر پہ ڈرتا، سہمتا چڑھ گیا۔ آج اس کے ہاتھ پاؤں واقعی کام نہیں کر رہے تھے۔ اُسے اُن میں دم ہی محسوس نہیں ہو رہا تھا۔ پیٹ میں کچھ ہو تو انسان میں طاقت بھی آئے۔ یہاں تو زندگی کا طور ہی نرالا تھا۔

ڈیوڑھی کام کاج کرنے والوں سے بھری پڑی تھی۔ ایک تو انائیں تھیں جو غریب، مگر شریف گھرانوں سے ڈھونڈھ ڈھونڈھ کر لائی جاتی تھیں، تاکہ نومولود یا ننھا لوگوں کو دودھ پلائیں۔ اُن کی چاندی ہی چاندی تھی۔ بیگمات

بیبیوں کا سا، بلکہ اُن سے بھی بڑھ چڑھ کر کھانا ملتا۔ تاکہ نئی نسل اچھی طرح پروان چڑھے اور بچوں کو دودھ کی کمی نہ رہے۔

دوسرے درجے پہ مامائیں تھیں جو مطبخ کی کرتا دھرتا تھیں۔ پہلے اُن ہی کے ہاتھوں سے ہو کر کھانا پاتشا لوگوں تک پہنچتا تھا۔ چکھتے چکھتے ہی اتنا اُڑا جاتیں کہ پیٹ بھر جاتا، اور جو یہ نہ ہوتا تو چُرا چُرا کر پیٹ بھر لیتیں۔

تیسرے نمبر پہ اوپر کے کام کاج کی چھوکریاں اور چھوکرے، مالی، تمبولی چوکی دار اور چاؤش آتے تھے۔ جن کا کھانا ڈیوڑھی سے ہی ملتا تھا۔ انکا کھانا کھٹی دال، چاول، سبزی پر مشتمل ہوتا۔ بڑی سرکار کھانا بٹنے کے وقت خود آ کھڑی ہوتیں ——— وہ اچھے خاصے چمچوں کو جن میں ذرا بھی گہرائی ہوتی ٹھونک پیٹ کر سیدھا کرا لیتی تھیں۔ کیوں کہ ڈونگے اور گہرے چمچوں میں زیادہ سبزی اور دال چلی جاتی ہے، اور خواہ مخواہ اناج کی بربادی ہوتی ہے۔ اب یا تو اُلٹے چمچ سے کھانا پروسا جاتا یا اُن ٹھونکے پٹے چمچوں سے۔ بہرحال پیٹ تو سب کا پل ہی رہا تھا۔

اب چوتھے نمبر پہ ساری مصیبت اُن اوپر کے کام کرنے والے چھوکروں کی تھی جو مردانے میں محض "سوکھے" پر نوکر تھے۔ دو روپے کلدار ان کی تنخواہ ہوتی کھانا اُنہیں اپنے گھر پہ جا کر کھانا پڑتا۔ کئی بار ایسا بھی ہوتا کہ ڈیوڑھی کے ہنگاموں میں چھٹی مل بھی نہ پاتی اور کام کرتے کرتے اُنہیں ایسی زور کی بھوک لگنے لگتی کہ آنتیں اُلٹ اُلٹ کر منہ کو آنے لگتیں اور گھر جا کر بھی کون سے تر تراتے، پراٹھے، پلاؤ اور میٹھے ان کے استقبال کو موجود ہوتے۔ وہی کھٹی دال اور موٹا چاول جو اُنہیں شاید صدیوں سے ورثے میں ملا ہوا تھا۔

کلوا اس لحاظ سے بڑا خوش نصیب تھا کہ بڑے سرکار کے منہ چڑھا ہوا تھا ــــ منہ چڑھا ان معنوں میں کہ اُن کے بستر کا راز دار تھا۔ ایک سے ایک طرح دار چھوکری اُس نے لاکر بڑے سرکار کے بستر پر "نون غنّہ" بنا دی تھی ــــ اور بڑے سرکار کو اس کی اس خوبی کا پتہ بھی نہ چلتا اگر ایک دن وہ اُسے زنان خانے میں جاکر پان لانے کو نہ کہتے۔ اب پاندان پر تو مشتری حکمراں تھی! جسے چاہے دے اور جسے چاہے دھتکار دے۔ اور ایسی حرّافہ کہ کچھ پوچھو نہیں۔ اس لئے کلوا ڈرتے ڈرتے کان کھجا کر بولا: "پاشا، پان لانے کا آپ حمید کو بولونا۔"

"وہ کائے کو؟" نواب صاحب نے غصے سے کہا: "تیرے ہاتھاں مہندی میں پلٹے کیا؟"

اب کی بار کلوا کان اور سر دونوں کھجا کر بولا۔ "نیئں پاشا ویسی بات نیئں۔ وہ مشتری ہے نا، اُنے ۔ ۔ ۔ ۔ ۔ ۔" وہ چُپ رہ گیا۔

"کیا کرتی مشتری؟" بڑے سرکار چڑ کر بولے۔

"پاشا" وہ منمنا کر بولا "وہ نمبر ایک کی چھنال ہے۔ اُنے میرا ہاتھ لے کو اپنے سینے پر رکھ لیتی۔" پھر وہ بڑے معصوم لہجے میں شرما کر بولا "ہو پاشا مولبی صاحب بولے کی شریف مرداں بس اپنی بیوی کے سینے کو ہاتھ لگانا اُنّے تو غیر ہوئی نا ــــ؟"

بڑے سرکار کو اس وقت نہ مولبی صاحب سے غرض تھی نہ اُن کے وعظ سے۔ اُن کے تصور میں تو جگمگاتی ہوتی مشتری گھوم رہی تھی جو اتنی بے باک تھی اور کم بخت زنان خانے میں چاکری کر رہی تھی۔

پھر کلدار ایک ـــــ پورا ایک روپیہ، یعنی آدھے مہینے کی تنخواہ پوری کلوا کے ہاتھ میں آگئی ـــــ یعنی تنخواہ کے علاوہ تنخواہ! بدلے میں وہ مستری کو پٹا کر مردانے تک رات کے اندھیرے میں لے آیا اور رات کے اندھیرے میں ہی تو چاند جگمگاتا ہے۔

بس اس کے بعد تو یہ معمول ہو گیا کہ کلوا بڑے سرکار کا مُشیر خاص بن گیا۔ خانہ باغ سے لیکر، معظّم جاہی مارکیٹ سے لے کر، چار مینار کے اطراف سے لے کر، کوٹلہ عالیجاہ سے لے کر، میر عالم کی منڈی سے لے کر، پنجی ترّاق سے لے کر محبوب کی مہندی تک، کوئی جگہ ایسی نہ بچی جہاں کے پھیرے اُس نے نہ مارے ہوں اور بڑے سرکار کی خدمتِ اقدس میں ہر رات ایک نیا چاند طلوع نہ کر دیا ہو۔

وقت اور بیوپار سلیقہ بھی سکھا دیتے ہیں۔ اب وہ محض ایک روپے کے عوض ایک چاند سپلائی نہ کرتا۔ کسی کی تعریف میں زمین و آسمان کے قلابے ملا دیتے تو دو سے لے کر پانچ روپے تک بھی بنا لیتے۔ کبھی دس تک بھی نوبت پہنچی، کبھی کبھار اس سے بھی زیادہ۔ لیکن رہا وہی ڈیوڑھی کا "باہر کا پوٹا"۔ سارا پیسہ وہ اضلاع میں رہنے والے ماں باپ کو بھجوا دیتا، جن کی تھوڑی سی زمین مستقل قرضوں میں پھنسی ہوئی تھی۔ کھانا کلوا کا ابھی تک اس کے ذاتی گھر میں ہی ہوتا۔ جہاں اُس کی بیوی کھٹی دال، موٹا چاول پکا کر اُس کا راستہ دیکھتی ہوتی۔ لیکن بڑے سرکار کا مشیر خاص بننے کا ایک فائدہ ضرور ہوا تھا۔ آئے دن اُسے رات کے کھانے میں سے بچی ہوئی انواع و اقسام کی نعمتوں سے بھرا طشت یوں ہی مل جاتا بڑے سرکار تھے دل والے۔ شراب، کباب اڑانے کے بعد ویسے بھی انسان

کوستی جھوک باقی رہ جاتی ہے ــــــ جنت کی سی نعمتوں سے بھرا طشت خاص الخاص بڑے سرکار کے کمرے میں پہنچا دیا جاتا تھا کیونکہ نشے کے مارے ان کے لئے اپنے آپ چلنا بھی دُوبھر ہو جاتا۔ یوں ہی تھوڑا بہت ٹونگ کر کھلانے والے خادم سے کہتے "طشت واپس نکوّے جاوٗ۔ انے کلوا بیٹھا ہے باہر، اس کو دے دیو یہ جھوٹن اس کا اِچ حصہ ہے۔"

کھلانے والا خادم اس عنایت پر جل بھُن کر خاک ہو جاتا اور اپنے جی کی جلن مٹانے کے لئے باہر بیٹھے ہوئے کلوا سے پکار کر کہتا۔ "یہ لے جھوٹن کھا کو برتن خالی کر کو جلدی سے دے دے میرے کو!" وہ جھوٹن پر زیادہ زور دیتا۔ لیکن نعمتوں سے بھرے ہوئے خوان اسی صورت میں کلوا کو ملتے تھے جب بڑے سرکار کہیں مدعو نہ ہوتے، جس دن وہ کہیں دعوت میں تشریف لے جاتے یا جس دن اُن کی طبیعت سُست ہوتی اور وہ زنان خانے میں کھلوا دیتے کی آج کھانا نہ بھجوایا جائے تو کلوا کی میّت اُٹھ جاتی۔ دن بھر کا بھوکا، پیاسا، نہ ہاتھوں میں دم، نہ اُنگلیوں میں جان بس یوں ہی ہِل ہِل کر برائے نام پاؤں دباتے جاتا، اس طرح کہ بڑے سرکار کے پیروں پر تو کم وزن پڑتا اور کلوا خود اپنے جسم کو زیادہ جھکولے دیتا رہتا اور اسی جھکولے میں غصّے سے بھرے ہوئے سرکار کی ایک آدھ لات ایسی کراری پڑتی کہ کلو مسہری سے دھپ سے نیچے جا پڑتا، دوبارہ اپنے آپ کو سمیٹتا اور پائنتی پر چڑھ جاتا۔

ایسی ہی لات اُس کے آج پڑی تھی، مگر آج جو سرکار نے اُس کے لات ماری تو اس میں پاؤں اچھی طرح نہ دبانے کی سزا کم اور کوئی اچھی سی لڑکی نہ ڈھونڈ لانے کی سزا زیادہ تھی۔ اتنے دنوں سے مسلسل یہ ہو رہا تھا کہ روز ایک نئی لڑکی

آتی۔ مگر اتنی بہت سی نئی لڑکیاں آخر آئیں کہاں سے؟ حیدرآباد دکن کا ایک بڑا مشہور سبزی ترکاری کا بازار تھا، جسے عرفِ عام میں "میر عالم کی منڈی" کہتے تھے۔ لڑکیوں کی بھی ایسی ہی کوئی منڈی ہوتی تو کیا بات تھی۔ بس گئے، پیسے دئے اور بیل گاڑی بھر لڑکیاں تلوا کرلے آئے۔ لیکن لڑکیاں تو جناب ڈھونڈھ ڈھانڈھ کر حیلے بہانوں سے، روپے، پیسوں کا لالچ دے کر ہی لائی جاسکتی تھیں اور وہ بھی ایسی صورت میں جب اُن کا وجود ہو! جتنے پتے ٹھکانے معلوم تھے، وہاں کی خوب صورتیاں بستر کی زینت بنائی جاچکی تھیں۔ اور ادھر نواب صاحب کا جسم ٹوٹا جا رہا تھا۔ ناگنوں سے ڈسوانے کی ایسی لت لگ چکی تھی کہ گھر کی بیوی اب پھُس پھُسی معلوم ہونے لگی تھی، ویسے بھی وہ اس طرح سوچتے تھے:۔

"دُنیا کا اپنے عجیب غریب دستور ہے۔ کپڑا پُرانا ہوتا، دل سے اترتا، آپ کسی کو بھی دیدیتے۔ کوئی کچھ نئیں بولتا، جُوتی پُرانی ہوگئی، آپ پھینک دیتے یا دوسری خرید لیتے۔ کوئی کچھ نئیں بولتا۔ ایچ کھانا کھاتے کھاتے آپ کا دل بھر جاتا، آپ بول کو دوسری ہانڈی پکوا کیہ کھالیتے۔ کوئی کچھ نئیں بولتا۔ ہور تو ہور میں سال کے سال ہاتھ کی گھڑی بدل دیتا۔ کوئی کچھ نئیں بولتا ــــــ پن آپ ذرا بیوی سے اکتا جاتے ہور چھوکری باندی سے دل بہلانا چاہتے تو ساری دنیا ناماں رکھتی۔ یہ دُنیا بڑی عجیب وغریب ہے۔" اور اس عجیب وغریب دُنیا کا چلن بدلنے اور نئی ریت قائم کرنے کے لئے ہی وہ روز ایک نئی تبدیلی کے خواہاں تھے اور آج کے غصّے کی وجہ ہی یہ تھی کہ سرکار کا حکم تھا کوئی نوی چیز ہونا۔"

پاؤں ذرا سمیٹ کر نواب صاحب نے ذرا نرمی سے پھر بات شروع کی۔

"ہوسے تو روپے پیسے کے مارے تو پیچھے نئیں ہٹ ریا ــ؟"

اونگھتا ہوا کلوا ایک دم چوکنا ہوگیا۔ وہ کاروبار میں منجھ چکا تھا، سمجھ گیا۔ چوٹ لگانے کا وقت، اور موقع یہی ہے۔ بظاہر بے پروائی سے بولا" جی ہو پاشا، آپ بھی سمجھے۔ مگر میں آپ سے اس واسطے نئیں بولا کی آپ نئیں تو سمجھتے کی میں اِچ خود بڑ کر ریا۔"

پھر ذرا رُک کر کہنے لگا" پاشا اُس کی ماں پچیس روپے کلدار مانگ رئی تھی۔"

بڑے سرکار ایک جھٹکے سے اُٹھ کر بیٹھ گئے " پچیس روپے؟ ایسی کون سی کوہ خاف کی پری ہے لَنے۔؟"

کلوا پر چانے کے انداز سے بولا" جی ہو پاشا۔ کوہ خاف کی پری اِچ ہے اُنے نئیں پری ویسی نکلی تو کلیم الدین سے پلٹ کر میرا نام کلوا رکھ دینا" پھر ذرا آگے جُھک کر ادھر اُدھر دیکھ کر بے حد رازداری سے بولا " پاشا ـــــ کبھی لال مٹی کا کورا برتن دیکھے آپ؟ پانی پڑتے اِچ کیسا سن سے بولتا! بس ایسا اِچ کورا برتن سمجھ لیو پاشا ـــــ سن، سن۔"

کچھ ایسے انداز سے کم بخت نے نقشہ کھینچا۔ بڑے سرکار کی رگ رگ سن سن کرنے لگی۔ تڑپ کر کھڑے ہو گئے، اچکن کی جیب سے کھن کھن گِن کر پچیس روپے نکالے اور کلوا کی طرف اُچھال کر بولے " جا کو بس ابی کے ابی لے کو آجا وہ چھوکری کو ـــــ"

کلوا روپے دونوں مٹھیوں میں دبا کر تیزی سے نکلا اور برق رفتاری سے بھاگتا ہوا اپنے گھر پہنچ گیا۔

" سکو ـــــ اگے او سکو! کان مر گئی؟" حواس باختہ سکینہ سامنے کے دالان میں نکل آئی ـــ " کائے کو اِتا چلاتے رئیں۔"

" اگے کھانا کھئیں گی؟ مرغا، بریانی، ڈبل کا میٹھا، دہی کی چٹنی، کشمش

ولے نان . . . . . .“

”چچ، چچ، چچ۔“ سکینہ افسوس سے بولی۔

”بھوک کے مارے سچ مچ بھی تمے پاگل دیولنے بن گئے۔ پن میں بھی کیا کروں؟ آج تو دال چاول کو بھی پیسے نئیں تھے۔ فاخہ اِچ سمجھو۔“

”اگے فاخہ نئیں —— دعوت بول، دعوت۔ دیکھ یہ روپے۔“ اور اُس نے روپے دالان میں اُچھال دیئے۔

سکینہ پاگلوں کی طرح روپیوں پر لپکنے لگی۔ ایک دم کلوا اُسے دونوں ہاتھوں میں سنبھال کر کہنے لگا۔ ”بس پہلے ایک چھوٹا سا کام کردے میرا۔ پھر یہ سارے روپے اپنے سال بھر کو پورے پڑ جاتے اِتّے تو۔

”کیا کام ہے؟ جلدی بولونا۔“ سکینہ خوشی سے پاگل ہوتے ہوئے بولی۔

کلوا نے محراب میں ٹھونسے ہوئے کپڑوں میں جھٹ سے ایک ململ کا سفید کرتا نکالا اور اپنے ہاتھوں سے ہی سکینہ کے جسم پر سے مَیلا کُرتا گھسیٹ کر اُتارنا شروع کر دیا۔ وہ چلّائی بھی: ”اگے اگے! یہ کیا کرتے جی تمے؟ بے شرم کدھر کے۔ کیا میرے کو کپڑا پہننا نئیں آتا؟“ لیکن اتنی دیر میں کلوا اُس کا کُرتا اُتار قدرت کی صناعی کی داد دینے کے لئے تیار ہو چکا تھا۔

”سکّو —— تو مال ہے! سچی تو مال ہے! تو پچیس روپے کیچ لائق ہے۔ چل جلدی کر۔“

پھر اُس نے مبہوت کھڑی سکّو کو اپنے ہی ہاتھوں کُرتا پہنایا، دوپٹہ اُڑھایا اور گھسیٹتا ہوا لے چلا۔

بڑے سرکار کی جو نظر اُٹھی تو اُٹھی ہی رہ گئی —— غریبی جب ململ کا

کرتا کسی غریب کو پہنا دیتی ہے تو نوابوں کو بھکاری بنا دیتی ہے۔ بڑے سرکار ایک بھکاری کی طرح اُسے تکتے جارہے تھے ــــ گریبان تک جو بٹن پٹی لگی ہوئی تھی اس میں ہلکی سی گلٹ کی زنجیر میں بجنے والے بٹن جگمگا رہے تھے ــــ اور زنجیر اور بٹن کے دائیں اور بائیں گلابی کٹوریوں میں جیسے کھیر بھری رکھی تھی، جسے چاٹنے کیلئے بڑے سرکار بیقرار ہوتے جارہے تھے۔ اُنھوں نے فاقہ زوروں کے انداز سے کلوا سے مڑ کر کہا" پچیس روپے تو بہوت ہی بہوت کم بولا تھا رے تو ــــ پچیس روپے تو فقط اس بوسے وار کو پھینک دینا۔"

روتی دھوتی سکینہ باہر نکلی تو کلوا وہیں جھاڑیوں میں دُبکا بیٹھا تھا اُسے دیکھ کر وہ تیزی سے اُٹھا اور اُس کا ہاتھ پکڑ کر اُسے بھگاتے ہوئے ڈیوڑھی سے باہر لے آیا۔ ایک ہاتھ سے رکشا روک کر اُس نے ناپلی اسٹیشن کے ایک بڑے سے ہوٹل کا پتہ دیا جو رات گئے تک کھلا رہتا تھا۔

کرسی پر بیٹھتے ہی اس نے مرغ، بریانی، میٹھے، دہی کی چٹنی، نان ایک سے ایک بڑھیا چیز کا آرڈر دے ڈالا۔ بیرا ایک ایک چیز لا کر چنتا گیا۔ اب پہلی بار اُس نے نظریں چُرا کر سکینہ کی طرف دیکھا۔

"رونے کو تو ساری رات پڑی ہے، بلکہ ساری زندگی پڑی ہے گے۔ ذرا سُن پہلے پیٹ بھر کو کھانا تو کھا لے۔ تیری اِچ تو کمائی ہے۔"

سکینہ نے پہلے تو اپنے شوہر کی طرف دیکھا، پھر پاس پڑا ہوا چمچہ اُٹھا کر تڑا توڑ زور زور سے اس کے سر پہ مارنا شروع کیا۔

"اگے اگے ــــ یہ کیا کرتی گے؟ آگے دیکھنا تو کب سے مرغے کی خوشبو بھی نیئں سونگھی ہوتیں گی۔ بریانی کا مزہ کیسا ہوتا، یہ بھی ترسے کو یا دنئیں

ریا ہوتیں گا ـــــ پر اب دیکھنا، دیکھ، دیکھ! کیسا بہوت سا کِتا مزے دار کھانا ہے۔ تو بھی تو صبو سے بھوکی اِچ تھی نا؟"

چمچہ چھوڑ کر سکینہ نے کھانے کی طرف دیکھا اور اس کی بھوک اُسے ڈسنے لگی۔ اُس نے دیوانوں کی طرح دونوں ہاتھوں سے مونہہ میں بیک وقت کئی کئی چیزیں ٹھونسنی شروع کر دیں۔

کلوا کا پروگرام سوچا سمجھا تھا۔ سال بھر کی تنخواہ ایک ہی ساتھ مل گئی تھی بیوی کی عزت گئی اس کا اُسے دُکھ ضرور تھا۔ لیکن سوکھے پیٹ نے اُسے جواز بھی سمجھا دیا تھا۔

"اِتنے زمانے سے میرے ساتھ سوتی تھی۔ بس ایک رات بڑے سرکار کے ساتھ سو گئی تو کون ہیرے موتی جھڑ گئے ـــــ بات تو ایک اِچ ہوئی نا! سرکار کے ساتھ سونے سے کم سے کم سال بھر کی تنخواہ ایک ساتھ تو مل گئی!"

اب اُس نے یہ سوچا تھا کہ چپکے سے نکل کر سکینہ کو ساتھ لے کر ماں باپ کے پاس اضلاع میں چلا جائے گا اور باقی زندگی کھیتی کے کام کاج میں چین اور عزت سے گذارے گا۔ روز روز کی لاتیں اب اُس سے برداشت نہیں ہو رہی تھیں۔

دو دن تیاری میں نکل گئے۔ ان دو دنوں میں وہ ڈیوڑھی ہی نہیں گیا۔ اور جانے کی اب ضرورت بھی کیا تھی؟ اپنے حسابوں تو اُس نے نوکری چھوڑ دی تھی۔ لیکن ادھر نواب صاحب کو پہلی دھار کی طرح چڑھ گئی تھی ڈلڑکی اُترنے کا نام ہی نہیں لے رہی تھی۔ دو دن تو اُسی انتظار میں نکل گئے کہ کلوا آئے تو پھر اُسی کوری لال مٹی کی صراحی کو بلوائیں، مگر جب کلوا پلٹا ہی نہیں تو

بڑے سرکار خود ہی شکرم لگوا کر اُس کے گھر پہونچ گئے۔ یہ ظاہر کرنے کے لئے کہ دو دن سے کلوا نہیں آیا، تو وہ خیریت پوچھنے آئے ہیں۔

کلوا اُس وقت کسی کام سے بازار گیا ہوا تھا۔ گھر میں صرف سکینہ تھی، نواب اقتدار یار جنگ کا کلوا ایسے حقیر فقیر کی مڑگی (جھونپڑی) تک آجانا ایسی کوئی معمولی بات تو تھی نہیں، سارے محلے میں شور مچ گیا۔

"اگے ایک بہوت بی بہوت خوبصورت بڑی بھاری شکرم آئی گے کوئی نواب صاحب آئے کتے ——"

سکینہ بھی تیزی سے باہر نکلی۔ نواب صاحب سے اُس کی آنکھیں چار ہوئیں —— نواب صاحب کا دل اُچھل کر سینے سے باہر نکلنے لگا۔ جس کے لئے وہ یوں تڑپ رہے تھے وہ اس قدر آسانی سے مل جائے گی، اس کا انہیں گمان بھی نہ تھا۔ مگر رعب داب قائم رکھنے کی خاطر پوچھا "کلوا کا گھر کون سا ہے؟"

"یہی اِچ ہے سرکار۔" کئی آدمی ایک ساتھ بولے۔

"تو اُس کے گھر یہ چھوکری کون کھڑی ہے؟"

"یہ؟ اِنے تو اس کی مکان والی (بیوی) ہوتی سرکار۔"

نواب صاحب کبھی سکینہ کو دیکھتے، کبھی محلے والوں کو۔ دل میں غصّہ کا اُبال سا اُٹھا۔ "تو اُنے حرام زادہ، سؤر کا جنا ہم کو دھوکا دیا۔ پورے پچیس ۲۵ روپے کا دھوکا —— "اچھا بچہ جی" —— وہ سکینہ سے مخاطب ہو کر بولے۔ "یہ ہمارا چار دِسّس تمہارے گھر پو بیٹھا رہے گا۔ کلوا آئے تو اس کو فوراً ڈیوڑھی پو بھیج دیو۔"

کلوا بید (مجنوں) کی طرح کانپ رہا تھا۔ جب زیباز پ بید پہ بید پڑ رہے

ہوں تو اچھے اچھے بھی بید مجنوں کی طرح کانپنے لگتے ہیں اور وہ تو تھا ہی تیلی کی طرح۔

"کیوں بے حرام کی اولاد ـــــ جب اپنے گھر کی آپس کی ایچ بات تھی تو تو میرے سے روپے کیوں لیا ہے؟ اتی خوبصورت تیری بیوی تھی تو تیرا کام نئیں تھا کی ویسا ایچ لاکو پیش کردیتا۔ کیا میرا نمک نئیں کھاتا تھا تو؟"

کلوا کچھ نہ بولا۔

"اب تیری سزا یہ ہے کہ وہ پورے روپے میرے کو واپس کر۔ ہور سزا کے طور پر ایک مہینہ روزانہ اپنی بیوی کو میرے پاس بھجوا۔"

کلوا کچھ نہ بولا۔

"ہور سُن ـــــ تیری ایک سزا یہ بھی ہے کہ جب ہم ہور تیری جورو اندر رہیں، تو تو دروازے پو ہی بیٹھا رہو ـــــ پھر تیرا جی تو جلنا کی اندر تیری جورو کا کیا حشر ہو رہا۔"

کلوا کچھ نہ بولا۔

پھر سرکار نے کھانا کھلانے والے خادم کو بُلا کر زوردار الفاظ میں تنبیہہ کی:

"اب سے ہماری جھوٹن اِس حرام زادے کو نکو دیتے جاؤ۔ بہوت حرام خور ہے اِنے۔ کھا کھا کو مستی چڑھ گئی اِس کو۔"

خوف کی زیادتی کبھی کبھار انسان کو بے خوف بنا دیتی ہے۔ اب کلوا پہلی بار بولا: ـــــ "ہو، آج سے میں ایچ کار کی جھوٹن نئیں کھاؤں گا۔ کیوں کہ اب تو سرکار میری جھوٹن کھا رئے ہے۔"

بڑے سرکار کے ہاتھ سے بید چھوٹ کر آن کے اپنے پیروں پر آ پڑا۔

# ٹھکانا

"پاشا' میں بہوت پریشان ہوکو یہ فون کر رئی ۔" صنوبر کی کانپتی آواز دُور سے سنائی دی ۔ "آپ کی بلّی صبح سے کچھ کھا پی نئیں رئی ۔" اس نے اٹکتے اٹکتے بات پوری کی ۔

"اللہ میں مر گیا !" رضیہ بانو، نواب اقتدار جنگ کی اکلوتی لڑکی — کانونٹ کی پڑھی ہوئی — جیسے حیدرآباد کے عام امراء کی لڑکیوں کی طرح لڑکوں کے انداز میں بات کرنیکا کریز تھا، فون میں منہ گھسیڑ کر تقریباً چلاّتی ہوئی بولی۔ "ہو تم لوگاں کیا پانواں میں مہندی لگالے کو بیٹھیں کیا؟ بیپا کو نول کے ڈاکٹر کو ذرا فون کر دیو ۔" پھر وہ ماؤتھ پیس پر ہاتھ رکھ کر پیچھے مُڑی اور اپنی عزیز از جان سہیلی روشن سے رونکھی ہو کر بولی ۔ "اللہ روشن، بنّی کو کچھ ہو ہوا گیا تو میں

میں مرجاؤں گا۔"

"اللہ نکو ریزی اتی پریشان نکو ہو۔" روشن آرا (وہ بیک وقت خالہ کی بیٹی بھی تھی اور سہیلی بھی، اور دونوں ہی کو کانونٹ میں پڑھ پڑھ کر بات بات میں انگریزی بولنے اور ناموں کو "انگریزیت" میں ڈھالنے کا شوق تھا، رضیہ کو ریزی اور روشن آرا کو روشی کہلوانے کا خبط) فون کے پاس آکر بولی۔" تو بولنا پپا سے لائن ملا دیو۔"

"نہیں اللہ روشی! تو نہیں سمجھتی۔ پپا سے فون ملانا قیامت ہے قیامت۔ الٹی لیکچر اں شروع کردیں گے ــ صبح ناشتے میں کیا کھائے؟ دوپہر میں کیا پیئے؟ سہ پہر کو سوئے کہ نہیں؟ چار بجے کہیں چائے تو نہیں پی لئے؟ نقصان کرتی ہے ــ نکو بابا، ایک جھنجھٹ ہے کوئی۔ پھر وہ چونک کر فون کی طرف دوبارہ متوجہ ہوگئی۔ "اللہ صنوبر! میں خود آتا ہوں۔"

اچانک بلی کے دودھ نہ پینے سے پکنک والے پروگرام کا کیسا سخت ستیاناس ہو رہا تھا! لیکن کیا کہا جاسکتا تھا؟ بلی آخر رضیہ بانو کی بلی تھی، روشن آرا بھی مجبور تھی ــ دو دن سے رضیہ بانو اپنی خالہ کی حویلی میں محض ہلڑ بازی مچانے آئی ہوئی تھیں ــ کیونکہ چند روز بعد تو ان کی شادی ہونے والی تھی، پھر یہ فراغت کے دن رات کہاں نصیب ہونے والے تھے۔ پھر تو وہ خالص "بیگمات" بن جانے والی تھیں، ــ بڑے تخت پر شاندار تخت پوش بچھا ہوا۔ سامنے سونے کا پاندان، تخت سے نیچے چاندی کی سلفچی، اُگال دان، پان بنا کر نواب صاحب کو دے رہی ہیں ــ خود کھا رہی ہیں، حویلی کے بارے میں احکامات صادر کر رہی ہیں اُفوہ! شادی کے بعد کس قدر ذمہ داریاں گلے پڑ جاتی ہیں۔ آئے دن کی دعوتیں، ٹھنڈ

کر دو۔ پھر اپنے گھر پہ ہونے والی دعوتوں کے سلسلے میں سیف کھول کر بار بار روپے نکال کر دو ۔ کاموں کی انتہا ہے کوئی! ایسی ذمہ دارانہ زندگی اپنانے سے پہلے چند دن ساتھ کی ہم عمر سکھی سہیلیوں میں کھیل کود کر گزار لئے جائیں، تو کیا ہی اچھی بات ہے ۔ لیکن قسمت میں ہو تب نا ۔ ورنہ یہ بیٹھے بٹھائے بلی کیوں بیمار پڑ جاتی ۔ ؟

---

پورچ میں لگی ہوئی سیاہ فورڈ میں سے دونوں سہیلیاں حواس باختہ اتریں اور سیدھی زنان خانے کی طرف لپکیں ۔ اب پیا حضور سے ملاقات کرنا کتنا ضروری حکم سہی، لیکن بلی ۔!

چاندی کی پلنگڑی پر اعلیٰ گلابی قسم کے مخملیں شنائل کے گدے پر بلی سست پڑی تھی ۔ بالوں دار لمبی دم پیٹ کے نیچے دبائے ہوئے، مالکن کے پیروں کی چاپ اور مانوس خوشبو سونگھ کر اس نے بڑی ادائے بیزاری سے ذرا کی ذرا سر ہلایا ۔ اور گلے میں پڑے ہوئے سونے کے گھنگھرو مدھم سروں میں چھن چھنائے

" اللہ کیا ہو گیا جی میری جان کو" رضیہ بانو نے لپک کر روئیں دار بلی کو، بازوؤں میں دبوچ لیا ۔ ننھی پاشا کے غم میں پوری ڈیوڑھی شریک ہونا چاہتی تھی اسی مارے ان کے پیچھے ایک جم غفیر آ کھڑا ہوا تھا۔

" پیا ڈاکٹر کو فون کرے کی نیئں ؟" اس نے گھوم کر جملہ حاضرین سے ایک سوال کیا ۔

" ایک موٹر رکنے کی آواز آئی تو تھی ۔ شائد ڈاکٹر صاحب آچ ہوئیں گے بنا پڑے کی وجہ سے شائد ادھر چ بیٹھے ہوئے یں گے ۔"

"پرے جھرو کے کو مار و گولی جی! جلدی سے بلا کو لاؤ......"

لیکن اسی دم لکھنو والی نفیس باورچن، جو ڈیوڑھی میں محض ایک بریانی پکانے پر مامور تھیں، قدرے الجھ کر بولیں "اے موئے ڈاکٹر کیا کریں گے بھئی۔ وہ ہم بریانی کے لئے گوشت لئے بیٹھے تھے کہ بنکی بیگم آگیئں اور اتنا نہ اتنا پورا اکی تول سے تین پاؤ گوشت کھا گیئں —— اب اتنا کچھ کھالیا تو سُست نہ پڑیں گی تو کیا ناچتی پھریں گی۔؟"

رضیہ بانو کا موڈ بُری طرح آف ہوگیا۔ جھلا کر بولیں "تو ماما بی، تم نے ہماری بلی کو بکرے کا گوشت کھلا ڈالے، تم کو اِتّا بھی نیئں معلوم کی اُنے روزانہ ایک مرغی کھاتی ہے۔ وئی تو میں بی سوچ رہا تھا کہ اِنے کاٹے سے ایسے سست ہوگئی۔"

---

" یہ حیدر آباد دکن ہے، پیارے مسعود

یہ نوابوں، رئیس زادوں، کی بستی ہے۔ یہاں یا تو انتہائی امیر لوگ بسے ہوئے ہیں، یا انتہائی غریب، بلندیوں اور پستیوں کا ایسا عجیب و غریب امتزاج میں نے کہیں اور نہیں دیکھا۔ ہم لوگ بھی یہاں کے امراء اور رؤسا میں شمار کیئے جاتے ہیں۔ دہلی سے آکر ہم لوگ یہیں کے ہو گئے ہیں۔ یہاں آکر ہمیں سب کچھ مل گیا ہے۔ لیکن پتہ نہیں کیوں کھوٹے کھوٹے پن کا احساس جی کو ڈستا رہتا ہے ابا میاں حضور نظام کے دربار میں اتنی بڑی جائداد پر مامور کیئے گئے ہیں کہ کہنے والے کہتے ہیں کہ پھاوڑے اور کدالیاں لگوا کر بھی ہم یہ دولت پھنکوانا چاہیں تو نہیں پھنکوا پائیں گے —— ہاں اب ہمارے یہاں کے چھوٹے بچوں کی تعلیم مزے میں ہو رہی ہے۔ کانونٹ میں انگلش ٹیچر سے پڑھتے ہیں۔ گھر پر استانی ماں اُردو

سکھاتی ہیں۔ اور جغرافیہ تاریخ، حساب الگ سے پڑھاتی ہیں۔ مولوی صاحب مذہبی تعلیم کے لیئے رکھے گئے ہیں۔۔۔۔

مگر یار یہ برسوں بعد تمہیں میرا خیال کیسے آگیا اور میرا حال پوچھنے کی ضرورت کیسے پڑ گئی۔؟۔

شادی؟ ہاں وہ جلد ہی ہونے والی ہے۔ یہاں ابا میاں کے گھر سے دوستوں میں سے ایک نواب اقتدار جنگ ہیں۔ ان کی ایک ہی صاحبزادی ہیں۔ سُنا ہے (دیکھا نہیں) بڑی ہی خوبصورت اور فارورڈ ہیں۔ ایک آدھ جھلک دیکھ لینے کا (شادی سے پہلے) ارادہ ضرور ہے کیونکہ یار سُنا ہے کہ یہاں کی نواب زادیاں بڑی خوبصورت سہی، مگر نک چڑھی بھی ہوتی ہیں۔ اگر صورت سے ایسا ویسا کچھ اندازہ ہوگیا تو میں کسی نہ کسی بہانے گول کر جاؤں گا۔ لیکن اصل مصیبت یہ ہے کہ دوست کہ نواب اقتدار جنگ کے ہاں اس قدر شدید پردہ ہے کہ تم اندازہ بھی نہیں لگا سکتے۔ موٹروں میں موٹے موٹے ریشمی پردے لگے ہوئے ہیں۔۔ امی جان نے لڑکی ۔۔ میرا مطلب ہے رضیہ بانو کو ایک محفل میں دیکھا، پسند کیا اور میرے لیئے چُن لیا۔ میں تو خیر میں ہی ہوں، حد یہ ہے کہ ابا میاں بھی ہونے والی بہو کو نہیں دیکھ سکتے۔ سات پردوں میں رہنے والی روایتی شہزادی سے گویا ہماری شادی ہو رہی ہے۔۔

بہر حال تم شادی میں ضرور شامل ہونا، ۔۔ رقعے تو مل ہی جائیں گے لیکن میری طرف سے تمہیں ذاتی طور پر خصوصی دعوت۔

لیئے ہاں، میں نے شائد تمہیں نہیں بتایا کہ میں نے اکنامکس میں ایم اے کر لیا ہے ۔۔ اور یار مسعود، تم آج کل کیا کر رہے ہو۔ کبھی تو دلی سے باہر نکلو

شادی کے دعوتی رقعے کا انتظار کرو ـــ

تمہارا فیروز"

کیا ہی یادگار شادی تھی، کچھ پوچھئے نہیں ـــ نواب اقتدار جنگ نے کر روپیہ، جن کے ہاں پانی سے بھی گیا گزرا تھا۔ اس شادی میں ایک اور ہی جدت تھی۔ مہمانوں کے لیئے جو مہمان خانے اور گھر سجائے جاتے ہیں۔ نواب کے سے انھوں نے یہ کیا کہ ہر مہمان خانے میں ایک ایک حسین سے حسین ترین رقاصہ کا بھی انتظام کیا ـــ رقاصہ جو ناچے بھی، گائے بھی اور رات پڑنے پر سیج بھی سجائے اب بھئی ظاہر ہے کہ سب ہی مہمان تو کنوارے نہیں تھے۔ کئی بال بچوں، بیویوں والے بھی تھے۔ ایسی دھاں دھول مچی کہ بس، اب کون اُلو کا پٹھا تھا کہ تر نوالہ سامنے دیکھے اور منہ پھیر لے ـــ اور کئی بیویوں نے تو اپنے شوہروں سے فارغ خطی لے لی اور کئی نوابوں نے تو اپنی بیگمات کو کھڑے کھڑے تین طلاقیں دے دیں ـــ اور ان ہی رقاصاوں کو گھر ڈال لیا۔ ایک محتاط اندازے کے مطابق اس شادی کے انتظام پر کوئی نوتے لاکھ روپیہ اُٹھا تھا۔ ستر تو رقاصائیں مہیا کی گئی تھیں ـ جو ایک ایک رات کا ایک ہزار روپیہ نقد گنوا لیتی تھیں۔ اور کئی دن پہلے سے یہ سارا انتظام شروع ہو گیا تھا

نواب اقتدار جنگ کے لئے سب سے زیادہ غرور کرنے کا لمحہ وہ تھا جب فرماں روائے دکن میر عثمان علیخان نے اس شادی میں شرکت کرنے کا وعدہ فرمایا۔

لیکن نواب اقتدار جنگ کہ واقعی پرکھوں کے نواب تھے اور بات کے پکے اور ضد کے پورے، ایک ہی چھوٹی سی بات پر اَڑ گئے اور کوئی یقین کرے نہ کرے حیدرآباد دکن کی تاریخ، میں یہ واقعہ بھی ہوا کہ محض بیٹی کی ایک جھلک دیکھ لینے کی پاداش میں ہونے والے داماد کو چھٹی کر دی گئی، اور ایک کروڑ روپیہ جو شادی کے

انتظامات، جوڑ، جماؤ، جہیز وان کے سلسلے خرچ ہوا تھا۔ "اونہہ" کہہ کر ٹھکرا دیا گیا بات کچھ بھی نہ تھی۔ جس دن رضیہ بانو مائیوں بٹھائی گئیں تو ایسی پیاری اور حسین نظر آرہی تھیں کہ روایتی کوہ قاف کی پریوں کا حسن بھی ان کے سامنے ماند! ہلدی کی رسم کے لئے جب دولہا والے بڑی ڈیوڑھی میں آئے تو کسی نے دولہا سے کہہ دیا کہ "دلہن نے وہ روپ نکالا ہے کہ بس دیکھو تو جل کر رہ جاؤ، خاک ہو جاؤ۔"

کچھ تو جوانی کا جوش اور کچھ ہر ہونے والے دولہا کی سی شدید بے تابی اور چلبلاہٹ — جس کمرے میں رضیہ بانو مائیوں بٹھائی گئی تھیں اس کے پچھلی طرف والی بڑی کھڑکی کے چھجے پر چڑھ کر انھوں نے چپکے سے کل اپنی ہو جانے والی دلہن کی ایک جھلک بھی نہ دیکھی ہو گی کہ اتفاقاً کسی کام سے نواب اقتدار جنگ کا اُدھر سے گذر ہوا۔ اور وہ جیسے دہک اُٹھے۔

"مانا کہ کل دلہن ان کی ہو جائے گی لیکن آج تو غیر محرم ہیں۔ یہ کوئی شرافت نہیں ہے۔" اور انھوں نے اتنی آسانی سے یہ رشتہ توڑ دیا۔ کہ کوئی دھاگے کو بھی ایسے نہیں توڑتا۔

---

رضیہ بانو سات پردوں میں رہنے والی شہزادی! غم نہ کرو۔ کیا تمھیں بر نہیں جڑے گا۔؟ لیکن باپوں کی ضدوں پر ایسی قربانیاں کہاں تک جائز ہیں۔؟ وقت گزر رہا ہے۔ گزر رہا ہے۔ گزرتا جائے گا۔ اس ڈیوڑھی کی دیواریں۔ کھوکھلی ہو رہی ہیں — میں تمھارا آئینہ ہوں — تمہارا عکس، تمہارے دل کی بات، جاننے، پہچاننے والا، بچپن، کے نوخیز امنگوں کے چھیڑ چھاڑ کھیل کود کے دن گئے — اور ساتھ ہی وہ دن بھی لد گئے، جب بلیاں سونے

کے گھنگروں پہن کر، چاندی کی پلنگ گڑیوں پہ سوتی تھیں اور چاندی کی کٹوریوں میں میوسے والا دودھ پیتی تھیں ——— اور جن کے ریخ میں روز ایک مرغی ذبح کی جاتی تھی ——— اب پولیس ایکشن ہو چکا ہے۔ یہ تمہارا میرا جنت نشان حیدرآباد دکن، جہاں کی سڑکوں پر حضور نظام کی موٹر گاڑی نکلتی تھی تو سارے میں سناٹا پھیل جاتا اور تیز تیز سیٹیوں کی آواز کے سوا کچھ سنائی نہ دیتا تھا کہ ہر راہ گیر سڑک چھوڑ کر فٹ پاتھ پہ ہو جائے۔ اور دوسری گاڑیاں اور سواریاں تیز تیز راہ چھوڑ کر نکل جائیں یا ایک طرف ہو کر کھڑی ہو جائیں - اب دھیرے دھیرے اپنی عظمت کے نقوش کھو رہا ہے - یہ بہت دن تمہیں گلے لگا کر نہ رکھ سکے گا۔ بھاگ جاؤ- کہیں بھی منہ چھپالو ——— ایسا نہ ہو کہ آنے والا وقت تمہارے سرکش سر کو جھکا دے!

---

بڑی بیگم کا جنازہ صحن کے بیچوں بیچ رکھا ہوا تھا۔ زمینداری، جاگیرداری اور نوابی ٹھاٹ کے خاتمے کی خبر سنتے ہی ان کا دم یوں نکل گیا جیسے غبارے سے محض ایک سوئی کی نوک چبھ جانے سے ہوا نکل جاتی ہے۔ نواب اقتدار جنگ سخت دل سخت جان تھے، ان پر اس خبر سے کوئی اثر نہ ہوا تھا۔ انھوں نے بے پروائی سے کہا "اخباروں کو نئی نئی خبریں روز ہی چاہئیں۔ لو آج یہی خبر سہی"

لیکن بیگم صاحبہ کی موت نے انھیں بھی ہلا کر رکھ دیا ——— تو گویا اب رضیہ بانو کی پوری پوری ذمہ داری ان ہی کے سر آپڑی - رضیہ بانو کی شادی کروانے کے لئے کئی پیغام اس کے لئے آئے - لیکن انھیں ہر پیام میں کوئی نہ کوئی نقص نظر آتا گیا۔ بیگم صاحبہ جھلا کر کہہ اٹھتیں ——— "اب سارے حیدرآباد میں اچ کیڑے

پڑ گئے تو کوئی آسمان کا تارا توڑ کو لا دیں بیٹی کے واسطے۔"
"وہ بھی ہو جائیں گا۔" وہ ہنس کر کہتے۔
لیکن آج وہ سہارا بھی ٹوٹ گیا۔ چلتی تو ان ہی کی تھی، لیکن ایک احساس کسی کی دوسراہٹ کا، سکھ دکھ بانٹ لینے کا احساس۔ آج سب کچھ ختم ہو چکا تھا۔
وقت کیسے بدل جاتا ہے خداوند!
"کہو میاں کیسے آئے؟ کہاں سے آئے۔؟" شبیر میاں کو دیکھ کر نواب اقتدار جنگ بولے۔
"جی شادی سے آرہا ہوں۔" شبیر میاں نے انتہائی سنجیدگی سے جواب دیا۔
"کس کی شادی بھئی؟" نواب صاحب ذرا مسکرائے۔
"وہ تو مجھے خود بھی پتہ نہیں۔"
"پھر؟" نواب صاحب نے حیرت سے کہا۔ "رقعے پر کسی کا نام نشان ہوئیں گا۔؟"
"یہاں رقعہ وقعہ نہیں چلتا تایا ابا۔ اپن تو جہاں بھی شادی دیکھتے ہیں جا دھمکتے ہیں۔"
جب سے زمیں داری اور نوابی ختم ہوئی تھی، اور ایک ایک کر کے سارے ٹھاٹ باٹ رخصت ہو گئے تھے۔ اور وثیقہ ملنے لگا تھا۔ جو کہ دونوں گھرانوں کا برائے نام ہی تھا، ان شبیر میاں نے یہی دھندا شروع کر رکھا تھا۔ (اس طرح کھانے پینے کی بڑی فراوانی رہتی تھی)، سرشام ہی سے وہ گھر سے نکل جاتے، راستے میں جہاں بھی گیس ہنڈے دھوم دھڑکا دیکھتے، فوراً براتی بن کر پہنچ جاتے۔ سیدھے دولہا کے پاس جا کر پہلے تو "مبارک ہو جناب" کا نعرہ لگاتے اور پھر ایک دم گلے سے

لپٹ جاتے۔ اب دولہا والے یہ سمجھتے کہ دولہن والوں کی طرف سے ہوں گے جب ہی بے تکلفی کا یہ عالم ہے کہ آتے ہی دولہا سے لپٹ پڑے۔ اس طرح دونوں طرف سے ان کی آؤ بھگت اور خاطر مدارات ہوتی کہ دو دن بعد بھی کھانا نہ ملتا تو پروانہ ہوتی۔

شادیوں کے سیزن میں ان کی خوب موج ہو جاتی۔ ویسے خاصے پڑھے لکھے تھے، لیکن حالات نے کمر توڑ دی تھی۔ طبیعت میں ہنسی مذاق کوٹ کوٹ کر بھرا ہوا تھا۔ تھوڑی پامسٹری بھی سیکھ رکھی تھی۔ کسی نہ کسی کا ہاتھ دیکھتے رہتے خوش کرنے کی باتیں زیادہ بتاتے، کچھ دل سے بھی جوڑ دیتے۔ بری باتیں صفا گول کر جاتے۔۔۔ رضیہ بانو کا ہاتھ دیکھ کر اُسے بہت دلاسہ دیا تھا۔ "گھبرانہیں بچی۔۔۔ تیرا مستقبل بے حد شاندار ہے۔ بے حد پیسہ آئے گا تیرے ہاتھ میں۔"

ادھر جب سے جاگیرداری چھنی تھی، بس دو وقت کی روٹی کے بھی لالے تھے۔ نام نہاد بڑے پن کی لالچ میں جو ایک کروڑ روپے کا جھٹکا کمر پر پڑا تھا۔ اس نے آگے ہی کھوکھلا کر دیا تھا۔ اوپر سے زمینات بھی چھن گئیں۔ رہا سہا اثاثہ کتنے دن کام آتا۔؟ ایک ایک کر کے، گھر دکانیں اور جو کچھ بھی جائداد تھی بکتی رہی۔ نوبت گھر کے زیور پر آکر ٹوٹی۔ بیٹا کوئی تھا نہیں کہ نوکری کر کے آسرا بنتا، بیٹی کیا کرتی۔؟ خود بوڑھے ہو گئے تھے۔ اور زمانے کی مار نے وقت سے پہلے بوڑھا کر دیا تھا۔ ایسے حالات میں امید افزا دنوں کا ہلکا سا تصور بھی دل کو خوش کر دیتا ہے۔ لیکن رضیہ بانو نے ہاتھ چھڑا کر بہت گہرے دکھ کے ساتھ کہا۔ "شبیر بھائی۔۔۔ خواہ مخواہ زخموں کو مت کھرچو۔۔۔ آپ کو معلوم نہیں حالات کیا ہیں۔ یا پھر میرے کو اُتو بنالے رئیں۔۔۔

اب کیا کبھی ہم ایسا سوچ بھی سکتیں کی ہمارے پاس پیسہ آئیں گا۔؟ اور اس نے سر جھکا کر آنسو پونچھے تو شبیر میاں لرز کر رہ گئے ـــ بے چاری کے سر میں یہاں وہاں سفید بال نظر آرہے تھے ـ بال سفید ہونے کی تو یہ عمر نہ تھی !

---

وہ بڑا بھیانک دن تھا۔ جس مہاجن کے پاس یہ کوٹھی رہن تھی، جس میں وہ آج تک رہتے آئے تھے ـ وہ سارے کاغذات لے آیا تھا، ڈیوڑھی کا سامان تو ایک ایک کر کے بک ہی چکا تھا۔ اب خالی ڈھنڈار کوٹھی میں رکھا ہی کیا تھا۔ عزت سادات اسی میں تھی کہ تھوڑے بہت روپے جو بھی اس نے ہتھیلی پہ رکھ دیئے۔ چپکے سے لے لیں۔ اور ڈیوڑھی خالی کردیں۔

دو دن کی مہلت مہاجن سے مانگی تھی، جو اس نے ازراہ رواداری دے دی تھی۔ اپنے ایک ملنے والے کے توسط سے پرانے حیدرآباد کے ایک سستے محلے "پنچھی براق" میں ایک چھوٹا سا مکان مل گیا۔ چند گنتی کے برتنوں اور ایک بستر پیٹی کے ساتھ جب دونوں باپ بیٹی اپنے نوکروں سے بھی گئے گزرے مکان میں اترے تو ایک رکشا والے نے دوسرے رکشا والے کو آنکھ ماری۔

"نیا مال ہے سالے ــ دیکھتا کیا ہے ؟"

رضیہ بانو لرز کر رہ گئی ـــ قسمت نے اسے کہاں سے کہاں پہنچا دیا۔ حالات تو سب ہی کے بدلے تھے، لیکن سب کے پاس جذبات کے ساتھ ساتھ عقل بھی تھی ـ پپا کے پاس نرے جذبات ہی جذبات تھے۔ جنھوں نے اپنے وطن عزیز کی مٹی کو آسمان جانا، اور کہیں جانے کے بارے میں بھول کر سوچا نہیں۔ ان کے کتنے سارے عزیز آج پاکستان میں تھے۔ اور کچھ تو کلیم میں جائداد حاصل کر کے اور کچھ

چار سو بیسی کر کے آج بھی راج کر رہے تھے ۔ لیکن پپا تھے جنھوں نے ہر موقع پر صرف اپنی ہی ہٹ چلائی تھی ۔

---

"پپا !" رضیہ بانو دکھ سے بولی ۔ "آج چاول بالکل ختم ہوگئے ہور ۔۔۔۔ " اس نے رُکتے رکتے کہا ۔ "دال بھی ۔ اللہ پپا !" وہ سسک کر بولی ۔ "ہم لوگاں بہوت گناہ کرے تھے کیا ؟"

"ٹھیرو بی بی ۔" وہ اُٹھے ۔ دروازے تک گئے ۔ ہاتھ زندگی بھر اٹھاہی رہا تھا ۔ مگر دینے کے لئے ، لینے کے لئے ہاتھ کیسے اُٹھاتے ؟ کچھ دیر سوچا کئے ۔ کیسے آواز لگائیں ۔ ؟ کس سے بھیک مانگیں ؟ پھر ایک خیال آیا انھیں ۔ چاندی کا وہ کٹورا آج تک ان کے ساتھ تھا جس سے سہاگ رات کو باری باری میاں بیوی نے ایک ایک گھونٹ کر کے دودھ پیا تھا ۔ سوچا اسے دروازے کے سامنے ایک کپڑا پھیلا کر رکھ دیں ۔ جو بھی رحم دل ہوگا ، سمجھ لے گا ۔ غیرت مند فقیر ہے ، خیرات کے لئے رکھا ہوگا ۔ کچھ نہ کچھ ڈال ہی دے گا ۔ ایک کپڑے پر کٹورا رکھ کر دھڑکتے دل کے ساتھ گھر میں آگئے ۔

تھوڑی تھوڑی دیر بعد جا کر جھانکتے کہ شائد کسی نے کچھ ڈال دیا ہو ہر بار مایوسی ہوتی ۔ تھوڑی دیر بعد پھر گئے تو کٹورا ہی غائب تھا ۔! اگر یہ انجام معلوم ہوتا تو کچھ روپے چاندی بیچ کر ہی بنا لیتے ۔ مگر جذبات ! بی بی کی چیز سے جو لگاؤ گہرا تھا ، وہ نہ بیچنے دیتا !

اک دم وہ بیٹی کو گلے لگا کر چیخ چیخ کر رو پڑے ۔ "بٹیا . میں تمہاری زندگی تباہ کر دیا ۔ اللہ مجھے کبھی معاف نہیں کریں گا ۔ روزانہ راتوں کو میں دعا ئیں مانگ

مانگ کر رو رہا ہوں ۔ کہ اللہ تو میرے خصور معاف کر دے ۔ میری بچی کے نصیب کھول دے ۔ مگر ایسا لگتا بٹیا کہ اللہ بھی ہم سے ناراض ہو گیا ہے ۔ بٹیا میں تو کیسا بھی کر کے بھیک مانگ کر بھی جی لے سکتا ہوں، پر بٹیا تم ۔ تمہارا کیا ہوئیں گا؟" پھر وہ بلک بلک کر رونے لگے ۔ "اللہ میری بیٹی کو کسی ٹھکانے سے لگا دے معبُود ـــــ"

---

دو دن گزر چکے تھے، گھر میں کچھ تھا بھی نہیں ۔ پکا بھی نہیں ۔ رضیہ بانو اپنے چھوٹے سے بوسیدہ مکان کی کھڑکی میں بے رنگ بے مقصد نگاہوں سے سڑک کو گھور رہی تھی ۔ کہ نیچے سے اک رکشا والا اُسے دیکھ کر مسکرایا ۔

رضیہ نے اسے دیکھا تک نہیں ـ کھڑکی سے ہٹی بھی نہیں ۔ رکشا والا سمجھا بات بن گئی وہ زور زور سے پیڈل مارتا ہوا چلا گیا ۔

رات کے کوئی گیارہ بجے دروازے پر دستک ہوئی ـ نواب اقتدار جنگ، دروازے پر گئے تو رکشا والا، رازداری سے بولا

"بائی جی ہیں ؟"

"بائی جی ؟" نواب صاحب کا دل دھڑکا ۔ وہ مونہہ سے کچھ کہہ بھی نہ پائے تھے کہ رکشا والا بول اُٹھا "موٹی اسامی ہے ۔ ہاں ۔"

نواب صاحب کے سوچنے سمجھنے کی ساری صلاحیت ختم ہو چکی تھی ـــــ بے جان سے پتلے کی طرح وہ راستے سے ہٹ گئے "موٹی اسامی" جو اب تک رکشا ہی میں بیٹھی ہوئی تھی، رکشا والے کا اشارہ پاکر اُتری، ـــ اندھیرے میں کچھ کھُسر پھُسر ہوئی، رکشا والے نے اپنا کرایہ، اپنا "محنتانہ" لیا اور اندھیرے میں

رکشا کو ہاتھوں ہی میں پکڑے پکڑے کھو گیا

جب وہ ـــــ ہاں وہی جو سات پردوں میں رہتی تھی جس کی ایک جھلک بھی اس کا اپنا ہونے والا شوہر تک نہیں دیکھ سکتا تھا، جب وہ حالات کے ہاتھوں بک گئی تو صبح کے ملگجے اُجالے نے اس کے ہاتھوں میں دس دس کے کئی نوٹ دیکھے۔

وہ پاگل بھی نہیں ہوئی، اس نے حواس بھی نہیں کھوئے، اُسے البتہ اس بات پر پورا یقین آگیا کہ شبیر بھائی نے ٹھیک ہی کہا تھا کہ اس کے ہاتھ کی لکیریں بتاتی ہیں کہ وہ بہت پیسہ کمانے والی ہے۔

دونوں ہاتھوں میں ڈھیر سارے نوٹ اُٹھائے جب وہ پہنچی بزاق کے بدنام محلے والے ایک چھوٹے سے مکان میں اپنے باپ کے سامنے پہنچی تو پہلے تو باپ کو سوجھا ہی نہیں کہ وہ کیا کہے۔ پھر جب وہ روپے باپ کے سامنے ڈال کر کمرے میں واپس چلی گئی تو دو دن کے بھوکے پیٹ نے خوش ہو کر پروردگار کے سامنے ہاتھ اُٹھا دئے۔

"شکر ہے میرے مالک کہ میری بیٹی کو ایک ٹھکانا مل گیا ـــ"

# پانچواں مینار

افوّہ! پوری حرّافہ تھی کمبخت!

جہاں جاتی وہاں آگ لگادیتی۔ لینا ایک نہ دینا دو —— مگر ہر کسی کے پھٹے میں پاؤں اڑانے کی عادت ایسی پکّی پڑگئی تھی کہ پوچھئے نہیں۔ طرّاری کا وہ عالم تھا کہ ابھی یہاں تھی اور ابھی اچھال چھکّا بنی وہاں۔ ساری ڈیوڑھی کو گھما کر رکھ ڈالا تھا۔ نہ شرم نہ حیا۔ کبھی باپ کے کمرے سے نکل رہی ہے۔ کبھی بیٹے کے —— بڑے مزے سے کہتی —"میرے کو کیا جی — باپ ہو کی بیٹا — اپن تو بس — دیوال ہیں دیوال۔ بس دینے سے کام ہے، مانگنے والا کوئی بھی ہو، میری جوتی سے کی رشتے ناطے آنکتی بیٹھوں۔"

شیشے کا سا بدن تھا، جیسیں گلابی رنگ بھرا ہوا تھا۔ ماں نے شاید اسی مناسبت سے نام ہی گلابی رکھ دیا تھا کہ نیے بھاڈ گلابیاں چھلکاتی پھرتی۔ سارا شوق بس کپڑوں کا تھا۔ ہرے، نیلے، پیلے، کالے، اودے قرمزی، شہابی، انگوری —— بس رنگارنگ کپڑے ہوں۔ چاہے کسی بھی ذریعہ سے ملیں — کوئی ہتھیلی پہ پیسے دھرتا تو بدک اٹھتی۔

"میرے کو یہ روپے، اٹھنیاں، نکو پکڑاؤ۔ امنی لنے لیں گی، اس نے بدلے میں ایک اوڑھنی لادیو۔"

پاجاموں کرتوں، اوڑھنیوں، غراروں، شلواروں کا ایک ڈھیر لگا رکھا

تھا، ڈیوڑھی کی بیگمات میں ساڑھی بھی نئی نئی مقبول ہو رہی تھی۔ نیا پہناوا تھا بڑا اچھا لگتا تھا۔ اس کے پاس ساڑیاں بھی اتنی ڈھیر سی جمع ہو گئی تھیں کہ اس کی حیثیت والیاں دیکھ کر دانتوں میں انگلی دبا لیتیں۔

ڈیوڑھی والے کہتے "گلبی" (یہ اس کے نام کی بگڑی ہوئی شکل تھی) کے کاٹے کو پانی مانگنے کی بھی سدھ نہیں رہتی — ایسا ڈستی کہ ساری جان آنکھوں میں آ اٹکتی — آنکھیں جو بس اسے دیکھتے ہی رہنا چاہتیں — برساتوں میں گھن گھن پانی برستا اور سب لوگ چھپ چھپا کر کمروں، دالانوں میں بیٹھے ہوتے تو وہ جان جان کر ایک سے ایک باریک کپڑے پہن کر بھیگی بھیگی پھرتی — اور جسم جب دوسروں کو دعوتِ گناہ دیتا تو ذرا سے اشارے پر کسی نہ کسی کمرے میں گھس جاتی۔ کوئی ساتھ والی پوچھتی "کہاں گئی تھی گے کتی —؟

وہ بڑی لاپروائی سے بولتی "ذرا میاں کو ناشتہ کرا رہی تھی۔" چوما چاٹی کو وہ ناشتہ بولتی اور جو معاملہ اس سے آگے بڑھتا تو بڑی ڈھٹائی سے اور بے شرمی سے کہتی۔ "کھانا کھلالے کو آرئی ہوں۔"

بقول اسی کے "میں جدھر نکل گئی ادھر ہی سمجھو طوفان مچ گیا۔"

ایسے میں نزاکت جہاں کو اپنے عاشق کا امتحان لینے کے لئے گلبی سے اچھا ممتحن نہ مل سکا۔

محبت کے کھیل بھی نرالے ہیں! بھئی واہ — کوئی سنے تو کیا سوچے کہ اتنے بڑے نواب لفیس الدولہ کی اکلوتی بیٹی اور محبت بھی ہوئی تو کس سے؟ اپنے باپ کی ڈیوڑھی کے ایک حقیر سے پالکرے سے پروردہ احسن سے!

بڑی نوابن نے مدتوں پیچھے ایک چھوکری پالی تھی جس کی شادی ڈیوڑھی ہی کے ایک ملازم سے کردی تھی۔ سال پیچھے ایک لڑکے کو جنم دیتے ہوئے وہ چھوکری اللہ کو پیاری ہوگئی۔ بڑی نوابن (کہ ساری ڈیوڑھی کے نوکروں، مالکوں کی بی بی ماں ٹھیں) اس یسیر چھوکرے کی بھی اماں ہی ٹھہریں۔ ملازم کی شادی کسی اور چھوکری سے کرکے اسے صاف جتادیا،

"میاں تم یہ سمجھ لیو کی تم کنوارے تھے اور اب تمہاری شادی ہوگئی یہ بچہ میں لے لی۔ تم بے شک اس کو پیار کرنا، مگر یہ مت سمجھنا کی اپنے تمہارا کوئی ہے، کیوں کی میرے کو معلوم ہے کی سوتیلی ماداں کتی بھی محبت کرے تو وہ جھوٹی اچ ہوتی۔"

احسن بڑا ہوا تو بی بی ماں نے اُسے ایسے پیار سے جیسے اپنا ہی پوتا ہو، مولوی صاحب کے ساتھ بٹھایا۔ چار برس، چار مہینے، چار ہفتے چار دن کی ننھی سی جان کو جب بسم اللہ پڑھائی گئی تو پوری ڈیوڑھی میں بھی اسی طرح جشن ہوا جیسے کسی مالک کے بچے کی بسم اللہ پر ہوتا ہے۔

بی بی ماں نے احسن کو گود میں بٹھا کر پیار سے پوچھا، "بابا آج تمہاری بسم اللہ ہے۔ تمے چار برس، چار مہینے، چار ہفتے، چار دنیاں پورے کرلئے۔ آج تم کیا منگتے؟" اور انھوں نے سامنے پھیلے ہوئے مٹھائی پھلوں اور دیگر لوازم کے ٹوکروں کی طرف اشارہ کیا۔

لیکن احسن جو اس وقت، مہربان رانی کی گود میں بیٹھا روایتی شہزادہ بنا ہوا تھا۔ اس مانگ پر کہ مانگ کیا مانگتا ہے؟ ایسی ویسی چیز مانگنے والا نہ تھا۔ اس نے اپنی چھوٹی چھوٹی ذہین اور بے چین نگاہیں دہر

اُدھر گھمائیں، اور بی بی ماں کی بڑی بہو یعنی نواب نفیس الدولہ کی بیگم کی گود میں بیٹھی ننھی سی گڑیا کی طرف اشارہ کیا اور انتہائی بے تکلفی سے بولا

"میں تو یہ گُڈیا بیوں دا ـ"

نزاکت جہاں اس وقت دو ماہ کی بھی نہیں ہوئی تھیں، ابھی ابھی تو بڑی بہو بیگم چھلّہ نہا کر اٹھیں تھیں۔ احسن کی اس مانگ کے ساتھ ہی یہاں سے وہاں تک ساروں کو سانپ سونگھ گیا۔ بڑی دیر کے سنّاٹے کے بعد بی بی ماں بات بنھانے کو ہنس کر بولیں۔

" اگے پگلے چھوکرے لوگاں گڑیا نہیں کھیلتے ـ"

لیکن اس کا کیا علاج تھا کہ اس چھوکرے نے گڑیا ہی پسند کی تھی اور یہ پسند ایسی تھی بھی نہیں کہ یوں پسند کیا یوں بھلا بیٹھے یہ وہی پسند تھی جو آگے چل کر صحراؤں کی خاک چھنوا دیتی ہے۔ جو پتھروں کو کاٹ کر نہریں نکلوا دیتی ہے۔

بی بی ماں نے اپنے جیتے جی جو عہد اپنے خدا سے کیا تھا وہ پورا کر دکھایا اسلامی تعلیم پوری ہونے کے بعد انھوں نے احسن کو حیدرآباد دکن کے ایک سے ایک اعلیٰ اسکولوں میں پڑھوایا۔ بڑے نواب صاحب، جن کو تعلیم کا شوق جنون کی حد تک تھا، خاندان کے سارے غریب اور نادار رشتہ دار لڑکوں کی تعلیم کا بار اٹھائے ہوئے تھے۔ ڈیوڑھی کے باہر مردانے میں گویا ایک ہوسٹل کھول رکھا تھا۔ کھانے پینے، کپڑے لتّے کے اخراجات سے لے کر ہر ہر چیز انھوں نے اپنے ذمہ لے رکھی تھی ـ ہر سال لڑکوں کی کھیپ کی کھیپ پڑھ کر نکلتی ـ لیکن ڈیوڑھی کی تاریخ میں یہ پہلا

واقعہ تھا کہ کسی پالکڑی چھوکری کے بیٹے نے کالج کا مونہہ دیکھا ہو اور نہ صرف مونہہ دیکھا ہو بلکہ بی اے کی ڈگری بھی حاصل کرلی ہو۔

اور یہ ٹھیک انہی دنوں کی بات ہے جب نواب نفیس الدولہ کی اکلوتی بیٹی نزاکت جہاں کے حسن جہاں تاب کا سورج عین نصف النہار پر جگمگا رہا تھا — اور دن کو یہ بات یاد رہی ہو تو رہی ہو کہ چار سال کے ایک ننھے سے بچے نے کیا چیز اپنی منہ بولی دادی سے مانگی تھی۔ لیکن خود بچہ یہ بات بالکل نہیں جانتا تھا۔ ویسے بھی اس نے ایسے ماحول میں آنکھیں کھولی تھیں جہاں قدم قدم پر امارت کے جھنڈے گڑے ہوئے تھے۔ کالج میں جو لڑکا اپنے ساتھیوں میں اس قدر بے باک، کھلنڈرا اور ذہین مشہور تھا، وہ حویلی کی چار دیواری میں قدم رکھتے ہی چوہا بن جاتا۔ اس نے غریبی امیری کے فرق کو ہوش سنبھالتے ہی جان لیا تھا، لیکن اس بدنصیبی کا کیا علاج تھا کہ ایک دن رمضان شریف کے تیسویں روزے کو، عید کا چاند دیکھنے ڈیوڑھی ہی کے سارے لڑکے بالے، اور لڑکیاں، چھوکریاں، چاندنی پر چڑھے ہوئے تھے کہ اچانک اسکو زمین پر ہی چاند نظر آگیا— پہلی کا باریک، نوکیلا چاند نہیں، چودھویں کا جھم جھماتا چاند — وہ چاند جو بیک وقت اس کے دل کو ایک ساتھ روشن اور تاریک کر گیا۔

بڑے نواب اور بی بی ماں مدت ہوئی ختم ہو چکے تھے۔ اب اس ڈیوڑھی کا سارا کاروبار نواب نفیس الدولہ اور ان کی بیگم کے ہاتھ میں تھا بڑے نواب میں پھر بھی یہ خوبی تھی کہ وہ انسان کو انسان سمجھتے تھے۔ لیکن نفیس الدولہ تو تلوار کی دھار تھے۔ اپنی آن بان اور اونچی ناک کے سوا،

انھیں کچھ نظر ہی نہ آتا تھا۔ بڑے نواب کی زندگی میں ان کے بنائے ہوئے ہوسٹل کے غریب رشتہ داروں کے لڑکوں کا زنان خانے میں کسی کام سے چلے آنا معیوب نہ تھا، لیکن نواب نفیس الدّولہ نے یہ حکم لگا دیا تھا کہ "بلا اجازت کوئی زنانے میں پاؤں بھی نہ دھرے۔ پہلے ہمارے سے آکو پوچھو پھر اندر جاؤ۔"

ایسے میں کسی کے زنان خانے کے اندر بھٹکنے کی بات سوچ تک نہیں جاسکتی تھی۔ لیکن جہاں چاہ ہو وہاں راہ تو نکل ہی آتی ہے۔

نزاکت جہاں انٹر میں بیٹھنے والی تھیں۔ انگلش تو فرفر بولتی تھیں۔ گاڑی آکر اٹکی تھی حساب میں۔ حساب سے ان کی جان جاتی تھی۔ پپا تک بات پہنچی۔ انھوں نے حیرت سے کہا:

"حد ہوگئی۔ ڈیوڑھی میں اتنے سارے چھوکرے ہیں ۔ اردو، انگلش تیلگو، ہسٹری، جغرافیہ، حساب، جیومیٹری، الجبرا جتنے چاہو اُتے ماسٹراں، تم بی بی کائے کو اپنا جی خراب کرتے، کل سے احسن تم کو پڑھا دیا کرے گا۔

اب کوئی یہ سوچے کہ حساب کے درس کے ساتھ ساتھ احسن نے عشق کا درس بھی دینا شروع کر دیا۔ تو یہ سوچنے والے کی اندھی عقل کا قصور، وہ تو بیچارہ ایسا موم کی ناک کہ دو اور دو چار کا حساب بھی نزاکت جہاں کے سامنے بھول جاتا۔ نیچے سر کرکے جو بیٹھتا تو آنکھ اوپر نہ ہوتی، کتنی غلطیاں تو خود نزاکت جہاں نکال دیتی ۔ جواب بھی نیچا سر کئے ہی دیتا۔ اور غالباً نواب صاحب کی سوچی سمجھی اسکیم ہی تھی جو احسن کو مقرر کیا کہ گھر کا نوکر آدمی ہے، عزّت کا خیال کرکے ہی پڑھائے گا۔

اور نزاکت جہاں کو اں نیچی نگاہوں کی مار ہی تو لے ڈوبی ۔ دیڈین

میں دیدے ڈال کر، ہاتھوں، پیروں کو چھو چھُوا کر اگر وہ کوئی الٹی پلٹی حرکت کرتا تو شائد وہ بھی اس کے بیچ خون کی قائل ہو جاتیں مگر اس نے تو کبھی بھول کر بھی اس کے چہرے پر نگاہ نہ ڈالی جو سیاہ راتوں میں اس کے مقدّر کی روشنی بن کر جھم جھماتا تھا۔

جب امتحان کو چند دن رہ گئے تو اچانک نزاکت جہاں کو احساس ہوا کہ وہ مر جائیں گی۔ بن موت مر جائیں گی۔ احسن کا پڑھانا ختم ہو جائے گا اور زندگی سے ان کا ناطہ بھی ختم ہو جائے گا۔ یہ عجیب بات تھی کہ پڑھائی کے دوران، کبھی دونوں میں پڑھائی سے ہٹ کر کوئی بات نہیں ہوئی تھی لیکن اس دن نزاکت جہاں نے پوچھ ہی ڈالا "احسن تمہارا اب کیا ارادہ ہے؟ بی اے تو تم کرہی ڈالے۔"

وہ ہنسا۔ "ارادہ؟ میرے خیال سے میں نوکری کرلیوں گا۔"

"نوکری؟" وہ حیرت سے بولی۔ "اس ڈیوڑھی میں آج تک کوئی نوکری کرا۔؟"

احسن نے دکھ سے بھاری آواز میں کہا؛ "آپ کا شکریہ بی بی پاشا کہ آپ مجھے ڈیوڑھی والوں میں سے ایک سمجھتے۔ مگر میں آپ کو یاد دلا دیوں کہ میں ڈیوڑھی والا نہیں ــــ ڈیوڑھی کا ایک حقیر نوکر ہوں۔"

نزاکت جہاں کچھ نہ بولی۔ تھوڑی دیر سوچ کر وہ مسکرائی۔ "ٹھیک ہے۔ میں پپّا سے بولونگی کی وہ آپ کو ایسا کوئی کام دے دیں کہ آپ کو باہر جانے کی کھٹ کھٹ نہ ہو۔ اپنے مختارِ عام بہوت بڈّھے ہوگئے ہیں۔ کبھی آپ ان کا ہاتھ بٹائے، محل کے حساباں سنبھالے

تو آپ چھوٹے مختار عام ہو جائیں گے۔ تنخواہ سو سے تو اوپر ہی ملیں گی۔"

احسن نے بڑی احسان مند نگاہوں سے اُسے دیکھا اور حنیم جنم کی ہمتیں سمیٹ کر بولا۔" آپ کے شکریے کے واسطے میرے پاس لفظاں نہیں مگر اب میں حیدر آباد میں رہنا نہیں چاہتا۔"

"کیوں؟" نزاکت کی آواز میں حیرت اُمڈ پڑی

"اس واسطے کہ یہ شہر میرے کو کوئی خوشی نہیں دے سکیں گا۔ بی بی پاشا، میں جو چاہوں گا میرے کو ملنے سے تو رہا، پھر اپنا دل آپ جلاکے کوئی فائدہ نہیں۔"

"مگر تم چاہتے کیا احسن؟" نزاکت جہاں نے اپنی بڑی بڑی آنکھیں پھیلاکر حیرت سے پوچھا۔

"وہ جو زندگی بھر سر جھکاتا آیا تھا، آج جانے کہاں سے اتنی ہمت سمیٹ لایا۔ اس کی آنکھوں میں آنکھیں ڈال کر بے خوفی سے بولا۔

"بی بی پاشا، میں آپ کو چاہتا ہوں۔"

اور وہ اس کے حواسوں پر بجلی گراتا، یوں کمرے سے نکل گیا کہ وہ بیٹھی کی بیٹھی رہ گئی۔

---

گلبی اور نزاکت جہاں ساتھ ساتھ کھیلی، پلی بڑھی تھیں۔ سماجی رتبے اور درجے کے فرق کے ہوتے ہوئے بھی دونوں میں ایسی پکی دوستی تھی کہ کوئی پوچھے نہیں۔ گلبی کے معاشقوں کی ایک ایک داستان نزاکت جہاں کو معلوم تھی۔ اس کا حرافہ پن، اس کا کپڑوں کا شوق، اس

آوارگی، اس کی ساری کمزوریاں، بی بی پاشا، کو معلوم تھیں اس کے باوجود دوستی کا دھاگا اتنا مضبوط تھا کہ بہو بیگم لاکھ بی بی پاشا کو ڈانٹیں کہ۔
"ایسے چھنالوں میں اتنا اٹھنا بیٹھنا ٹھیک نہیں بی بی جی — مگر تے سنتے اچ نہیں — بیر بہوٹی کو ڈبی میں رکھ کو چاول کے سفید دانے ڈال دیو تو اُنے بیر بہوٹی اپنا رنگ دے دیتی۔ تم کاٹے کو اس کے رنگ میں رنگتے۔"
مگر نزاکت جہاں کا اپنا رنگ تھا، کوئی اور رنگ ان پر کیا اثر کرتا۔ اوپر گلبی کی اماں اسے مرنے تک مارتی، ایک سے ایک ننگی گالی دیتی، مگر وہ تو لوٹ پوٹ کر یوں ہی ہنستی ہوئی اُٹھ جاتی۔
"اگے حرام کی پوٹ تیرے کو کوئی بیاہ کو نئیں لےجائیں گا۔ ماں بڑبڑاتی
"کس کے باپ کی مجال ہے کی میرے کو بیاہ کے لے جائے۔ وہ وکیل گواہی ہور مرضی لینے کو آتا، کیتے نا؟ گھونگھٹ اٹھا کو اسکا اچ مونہہ چوم لیوں گی کی میرے کو تو تیرے سنگات اچ شادی کرنا ہے۔" بیٹی جواب دیتی۔ اسے بھلا کوئی کیا کہتا۔؟
اس رات بی بی پاشا نے ایک ایسا فیصلہ کیا جو بڑی بڑی ہمّت والی بیبیاں بھی نہیں کرتیں۔
"اگر احسن محبت میں سچّا ہے تو میں بھی اسی سے اچ شادی کر لیوں گا۔"
"لیکن محبت میں پرکھا کیسے جائے کہ شیدائی سچا ہے۔؟"
"گلبی۔ آجکل کس کس سے تیرا عشق چل رہا ہے۔؟" انھوں نے بلا کر اس سے بڑے پیار سے پوچھا۔

"اب کیا بتاؤں پاشا ۔ یہاں سے لے کو وہاں تک ایک سرے سے سبھی اچ اوندھے پڑے ہیں ۔

"سچی ؟ " وہ مسکرائی

پھر کیا ؟ پرسوں دربان کو "ناشتہ" کرائے آئی، پھر اس کے چھوکرے کو باقاعدہ "کھانا" کھلادی ۔ جو بڑا انگلش بگھارتا پھرتا ہے نا !"

"چھی چھی گلبی — تو بڑی بدمعاش ہوگئی ہے ۔

"اب پاشا، یہ تو چلتا اچ رہتا ہے ۔ کپڑے دیکھو نا پاشا، کتے ڈھیر سارے جمع کر لی ہیں ۔"

" ٹھیک ہے کر لی سو ۔ یہ تو بتا وہ بڑا پڑھنتر چھوکرا ہے نا احسن ۔ اس کو اوندھا کری کیا نئیں اب تک ۔ ؟"

وہ تن کر بیٹھ گئی — " اگے پاشا ۔ یہ اپنے مردوں کا کیا ٹھیک ہے، ذرا ہنس کر دیکھ لیو ۔ ختم !" اس نے بڑے اسٹائل سے گردن پر آڑا ہاتھ پھیرا ۔ اور ذرا انگلی پکڑ لیو تو انوں پورا پہو نچا پکڑنے تیار ۔"

" ارے نئیں گلبی ۔ بعضے بعضے مرداں شرم وحیا پو جان دیتے تو سب کو ایک جیسا سمجھ رئی ۔"

" اگے جان دیو نا پاشا، شرم ورم کچھ نئیں ۔ بس عورت ہونا مردوؤں کو۔"

" اچھا یہ بات ہے تو احسن کو پرچا کے بتا ۔ تب مانوں گا ۔ ہاں ۔"

اس نے کھٹ سے چٹکی بجائی ۔ " اگے پاشا آج سے تیسرے دن ایک ساڑی آپ کو لا کو نہ بتائی تو نام بلٹا دینا ۔ احسن میاں کا دیا ہوا تحفہ"

اس شام بادل ایسے چھم چھم برسے کے ساری ڈیوڑھی دھرتی کی سوندھی سوندھی خوجان لیوا خوشبو سے بھر گئی۔ سن سن چلتی ہواؤں نے جانے کتنوں کو بہکایا۔ سیکڑوں قسم کے پھولوں سے ملکر ایک ایسی خوشبو وجود میں آئی جو اچھے اچھوں کے ایمان ڈگمگا دے۔ ماحول ایسا کافر۔ اور اس پر گلبی نے نزاکت جہاں کے سنگھار دان سے گاڑھے گاڑھے اصلی شمامۃ العنبر کی پوری کی پوری شیشی اپنے شیشے ایسے بدن پر انڈیل ڈالی۔ مٹھائی جن گلابی کاغذوں میں بندھ کر آتی تھی ان میں سے ایک کاغذ کو ذرا گیلا کرکے اس نے اپنے ہونٹوں کو شفاف یاقوتوں کا رنگ عطا کیا۔ آنکھوں میں کاجل اتنی دور دور تک اندر باہر ڈالا کہ کانوں کی لوؤں تک آنکھیں لمبی دھاردار کٹار بن گئیں۔ گھنے گھنیرے بالوں کو یوں ہی پیٹھ پر چھوڑ دیا۔ کرتا اتنے بڑے گلے کا پہنا کہ ذرا جھکے اور ایمان والوں کا ایمان ختم۔!۔

شام پڑے سے پھر بوندا باندی شروع ہوگئی تھی۔

"پاشا۔" وہ طراری سے اچھلتی کودتی نزاکت جہاں کے کمرے میں آئی۔ آج بھوک کا صفایا سمجھو۔ احسن میاں کو ایک ساتھ ناشتہ بھی اور کھانا بھی۔..."

نزاکت جہاں نے اُسے دیکھا اور تھرا سی گئیں۔ کون نصیبے والا اس موت سے بچ سکتا تھا۔؟ یہ سب کہنے کی باتیں ہیں کہ مرد شرمیلی عورت پر زیادہ ریجھتا ہے۔ صاف سچی بات تو یہ ہے کہ عورت شرمیلی ہوتی ہی نہیں اشاروں سے۔ کنایوں سے ہمیشہ پہل وہ کمبخت ہی کرتی ہے۔ ساری، مذہبی کتابیں اٹھاکر دیکھ لو۔ بیچارے آدم کو بہکایا کس نے؟۔

صبح کو بڑا خوشگوار موسم تھا۔ دُھلا دھلایا ماحول باغ میں سے نکھری ستھری خوشبوئیں آکر دل کو سرے سے جینے پر آمادہ کر رہی تھیں۔ ناشتہ نزاکت جہاں کے سامنے رکھا ہوا تھا۔ ابھی پراٹھے کا ایک لقمہ توڑا ہی تھا کہ گلبی اندر داخل ہوئی۔

نزاکت جہاں نے دھڑکتے ہوئے دل سے اسے دیکھا۔ بیحد جھنجلائی ہوئی تھی۔ ایک عورت ہاری ہوئی عورت!

"کیا ہوا؟" نزاکت جہاں نے بے پروائی سے پوچھا

ہوتا کیا؟ میں فانوس روشن کرنے کے بہانے پہنچی۔ ہور جان بوجھ کر خریب سے گزری کی، خوشیواں انوں کا دل ایسا ویسا کردیں۔ پن وہ تو ویسے ہی بیٹھے کچھ پڑھتے رہے، پھر میں تو سیدھا انوں کی گودی میں جاگری تو ہلو سے میرے کو اٹھا کو کھڑا کردیئے۔ ہور بولے

"فانوس کا ئے کو روشن کرتی ہے، گلابی؟ میرا دل جو جل رہا ہے کیا اس کی روشنی اندھیرا دور کرنے کو کافی نہیں۔"

پاشا اِدھر ٹھنڈی ٹھنڈی، بھیگی بھیگی پھوار تھی اور ادھر میرا بھٹی کے جیسا تپتا بدن۔ کوئی جیسا مرد ہوتا تو میرے کو پھاڑ کھاتا۔ پن وہ ویسے ہی ٹھونٹھ بنے بیٹھے رہے۔ میں تو جانوں نامرد ہیں اُنوں۔"

گلابی کی یہ گالی بھی نزاکت جہاں کے دل پر پھول بن کر گری۔ پھر یہ ہوا کہ گلابی نے اسے گویا اپنے وقار کا سوال بنالیا کہ احسن کو زیر کرے۔ اپنی پاشا کے احساسات سے بے خبر وہ عورت پن کے سارے حربے آزما آزما کر تھک گئی؛ لیکن وہ پہاڑ اپنی جگہ سے ذرا بھی نہ ہلا۔

گلابی کی ہار نزاکت جہاں کی جیت بن گئی۔ ایک رات کو نزاکت جہاں نے اپنے دل کے سارے درد کو سمو کر پپّا کو خط لکھا۔

میرے پپّا:-

میرے کو معلوم ہے کی آپ اپنے اصولوں کے کتّے پکّے ہیں۔ آپ کی مرضی کے خلاف اس ڈیوڑھی میں ایک پتہ بھی نہیں ہل سکتا۔ پھر بھلا میں ایسا اتّا بڑا کام آپ کی مرضی کے بغیر سوچوں بھی کیسے۔؟

پپّا میں یہ خط آپ کو لکھتے ہوئے کچھ عجیب سا محسوس کررہا ہوں، میرے کو معلوم ہے کہ یہ خط آپ کو غصّہ بھی کرسکتا ہے، مگر پپّا آپ زندگی بھر سے میرے کو اتّا پیار دیئے کہ میں اتنی ہمّت کرسکا ہوں کہ آپ سے دل کی بات خلم کے ذریعہ کرسکوں، کیوں کہ میرا کوئی رازدار سہیلی یا بہن نہیں کہ میں اپنا پیغام آپ تک پہنچا سکوں، تما سے میں اتّا فری نہیں۔ پھر دل کی بات کس سے بولوں۔؟

پپّا میرے کو معلوم ہے کی اب اکزام کے بعد میری شادی طے ہونے والی ہے۔ ایک سے ایک بڑھ کر پیغام موجود ہیں ان میں کوئی بھی لکھ پتی سے کم نہیں۔ سارے ہی ایسے ہیں کی میرے کو چاہیں تو زیور میں سونے میں تول سکتے ہیں۔ مگر پپّا میں آپ سے ایک بات بولوں۔ کیا دل کی خوشی زیور اور

روپے پیسے سے مل سکتی ہے۔ ؟ میری سمجھ میں نہیں آتا کی میں وہ ہمّت کہاں سے پا لیا جو آپ کو یہ سب سنا رہا ہوں ۔ شاید پپّا وہ محبّت جو بچپن سے آپ میرے کو دیئے میری ہمّت کی زبان بن گئی ہے۔ میرے کو یاد ہے پپّا، نوکروں کی ایک فوج کی فوج محل میں ہونے کے باوجود بچپن میں کبھی میں روتا تھا تو آپ کندھے سے لگا کر گھنٹوں ٹہلا کرتے تھے۔ پپا اسی محبت کا واسطہ میرے کو میرے دل کی خوشی دے دیجیئے۔ میں نے آج تک آپ سے کوئی چیز نہیں مانگا پپا ۔ آج ایک چیز کے واسطے ہاتھ آپ کے سامنے ہاتھ پھیلا رہا ہوں ۔ مجھے خود احساس ہے کہ یہ سب سُن کر آپ کے دل کی کیا حالت ہو جائیں گی ـــ مگر پپّا محبّت کا یہ تناور درخت ایک دو پل میں نیئں، برسوں گزرنے پر اپنی جڑ مضبوط کرا ہے۔ اسی مارے میں یہ ہمّت سمیٹ سکا۔ آپ کو اگر میرے سوال کا جواب "نہ" میں دینا ہے تو میرے سنگھاردان پر کل رات ایک موم بتی جلا کر رکھ دیجئے۔ ہاں کی صورت میں آپ کی طرف سے کوئی اشارہ نہیں چاہیئے۔

مجھے احسن سے بیاہ دیجئے، پپا ۔ میرے کو معلوم ہے کی یہ سوال آپ کو اتنا غصّہ دلا دے گا کہ آپ مجھے جان سے مار دینے پر بھی تل سکتے ہیں مگر پپّا آپ اپنا اکلوتی

بیٹی کی خوشی نہیں چاہیئے کیا۔؟

آپ کی پیاری بیٹی

نزاکت جہاں

دوسرے دن نزاکت جہاں نے اپنی سنگھار میز کو بڑے چاؤ سے جاکر دیکھا تو وہاں ایک بہت بڑی مشعل جل رہی تھی۔ بڑی ساری مشعل اس بات کا ثبوت تھی کہ پپا بیحد غصّہ میں ہیں۔ ورنہ نزاکت جہاں کے کہنے کے مطابق وہ موم بتی بھی تو جلا سکتے تھے۔ انھوں نے اپنے بے پناہ غصّے کا اظہار یہ آگ جلاکر کیا تھا۔

نزاکت جہاں آخر کو بیچاری لڑکی ہی تھی۔ بُری طرح ڈر گئی۔ دو تین دن تو وہ مارے ڈر کے اپنے کمرے سے نکلی ہی نہیں۔ پھر ڈر دب گیا اور اس پر بغاوت کا جذبہ غالب آگیا۔ اس نے گلابی کو بلوا بھیجا۔ گلبی کے گلے لگ کر وہ اچانک رو پڑی۔

"گلبی۔ میں احسن کے بغیر مر جاؤں گا۔"

گلبی سنّاٹے میں آگئی۔ بڑی دیر بعد وہ سنبھلی

"پاشا، اب میں سمجھی۔ آپ اُنوں کو آزمانے رئے تھے۔ سچّی بولتی پاشا، غریب کے بیٹے ہیں تو کیا ہوا۔ اُنوں آپ کے اچ لائق ہیں۔"

"مگر پپّا۔ پپّا نہیں مانتے نا گلبی۔"

"تو بھاگ جائیے۔" گلبی نے دو ٹوک رائے دی۔

"بھاگ جاؤں؟" نزاکت جہاں مارے خوف اور حیرت کے آنکھیں پھاڑ کر بولی۔ "اِتی بڑی حویلی سے ٹکرتے کر بھاگ جاؤں۔"

ساری دنیا کو اپنے پیار پر ہنسنے کے واسطے چھوڑ کو بھاگ جاؤں ۔؟ نکو گلابی نکو" ۔۔ میرے کو ایسے اُلٹے پلٹے مشورے نکو دے ۔ وہ پھوٹ پھوٹ کر رونے لگی ۔ " اللہ گلابی میں ویسے لڑکیوں میں سے نہیں ہوں ۔ جو کھلم کھلا اپنے رشتہ دار چھو کردں ، منگیتروں سے چھیڑ چھاڑ دھینگا مستی کرتے ۔ میں تو اپنے دل میں اُنوں کی محبت کا چراغ جلائے کو بیٹھا۔ کسی کو معلوم بھی نہیں کہ یہ محبت کتی پرانی ہوگئی ۔ میرے کو تو ایسا لگتا کہ میں ساری زندگی بھر سے ایک اُنوں کی آس میں اچ ہوں ۔ اُنوں کی خاطر جی رہا ہوں ۔۔"

گلابی کو اور کچھ نہ سوجھا ، وہ دوڑی گئی ، احسن کا ہاتھ پکڑ کر کھینچتی ہوئی پچھلے دروازے میں لے آئی اور نزاکت جہاں کے سامنے ڈھکیل کر بولی ۔ " میری پاشا کو سمجھاؤ ذرا ۔۔ مرد ہو ئیں گے تو ہمت بتا کو لے بھاگیں گے ۔ نئیں تو ..... اور وہ جملہ ادھورا چھوڑ کر باہر چل دی ۔

پاگل نہ بنئے بی بی پاشا ۔ میں آجکل سے نہیں مدتوں سے یہ بات سمجھ رہا تھا کہ آپ کے دل میں کیا ہے۔ کیونکہ خود میرے دل میں بھی وہی کچھ تھا لیکن میں ایسے راستے پر قدم اٹھانا ہی نہیں چاہتا تھا جو منزل پر پہنچانے کے بجائے منزل سے اور دور کر دے ۔

" تو مجھے بھگا کو لے چلو احسن ۔ میرے کو یہ حویلی حفس معلوم ہوتی ہے"

" بھگا کے ۔؟ آپ کو ؟ ۔ بی بی پاشا ، آپ پاگل ہو رہے ہیں ذرا دوبارہ سوچیئے ۔ آپ کیا بد زبان مونہہ سے نکالے ہیں ۔ میں ایسا سوچ نہیں سکتا ۔"

"میں ذات پات، امیری غریبی کو ٹھوکر مارتا ہوں - میں - میں"
جذبات کی شدت کے مارے اس کا دم گھٹا جا رہا تھا - "میں صرف تم کو چاہتا ہوں احسن - تم کو - تم کو خدا کا واسطہ میرے کو بھگا کے لے چلو -"

"ہلو سے بولیئے، بی بی پاشا - بازو ہی میں نواب صاحب کا کمرہ ہے اگر انوں سن لئے تو ---"

اور اچانک ڈرامائی انداز سے دروازہ کھول کر نواب نفیس الدولہ کمرے میں داخل ہوئے اور چلا کر بولے - "ہاں، ہاں ہم سن رہے ہیں - سب کچھ سن رہے ہیں کی ہمارے جیتے جی اس محل میں کیا کیا ہو رہا ہے -" شاہی دبدبے اور جلال سے ان کا سراپا کانپ رہا تھا ---"

" "نزاکت جہاں -" وہ انگلی اٹھا کر بولے -" آج سے ٹھیک آٹھویں دن تمہاری شادی کردی جائیں گی۔ اور احسن میاں تم - تم کیونکی ابا حضور کے دلارے تھے بول کے ہم تم کو خالی چھوڑ رہے ہے - نئیں تو آج تمہاری گردن اڑا دیتے۔ تم دونوں خبیثوں نے محبت کرنے سے پہلے یہ تو سوچا ہوتا کہ حیدرآباد دکن کی نوابی محفلوں کی ہم جان ہیں ہماری جو عزت اور رتبہ ہے وہ تاریخ گواہ ہے کسی کسی نصیبے والا کو ہی مل سکتا ہے، ہم تم جیسے بالکرٹے، نکٹے اور دو ٹکے کے آدمی کو اپنی بیٹی بیاہ سکتے تھے، یہ خود تمہارے سوچنے کی بات تھی -! ٹھور ٹھکانا ڈھونڈنے کے واسطے تم ناہم تین دن کی مہلت دیتے ہیں - چوتھے دن تمہاری صورت یہاں نہیں دکھنا - سمجھے -؟

چوتھے دن احسن نے ہمیشہ کے لئے ڈیوڑھی چھوڑ دی ۔ لیکن اکیلے نہیں ؟ نزاکت جہاں کے ساتھ ۔

" نواب صاحب کی بیٹی بھاگ گئی !"

"نواب صاحب کی بیٹی بھاگ گئی !"

" نواب صاحب کی بیٹی اپنے نوکر کے ساتھ بھاگ گئی !"

ہر زبان یہ کہنا چاہتی تھی ، لیکن نواب صاحب کا دبدبہ کسی کو زبان نہیں کھولنے دیتا تھا ۔

جان پہچان والوں میں کسی نہ کسی طور پر یہ خبر اڑ ہی گئی ۔ یوں جیسے پرسہ دینے والے آتے ہیں ۔ لوگ آتے ، لیکن نواب صاحب کا اُترا ہوا چہرہ دیکھ کر کسی کو کچھ کہنے کی ہمت نہیں پڑتی ۔ وہ چہرہ جو زندگی بھر دبدبے اور رعب سے سورج کی طرح جھم جھما رہا تھا ، آج گہنا گیا تھا ۔

---

ڈاکٹروں کے مشورے پر نواب نفیس الدولہ اپنی بیگم اور چند ملازموں کے ساتھ آب و ہوا تبدیل کرنے کی غرض سے پہاڑ پر آئے ہوئے تھے ۔ جوان بیٹی جو کلنک ماتھے پر تھوپ گئی تھیں بیگم صاحبہ بھی اس کے صدمے سے نڈھال تھیں ۔ لیکن نواب صاحب کے غم نے ان کے اپنے غم کو ڈھانپ لیا تھا ۔

اس دن نواب صاحب کی طبیعت ذرا بحال دیکھی ، تو بیگم صاحبہ ٹھنڈا سانس بھر کر بولیں ۔ " خدا بدلہ لیگا ۔ ایسے محبت والے ماں ، باپ کا دل توڑ کر گئی ۔ ایسی خاندان کی عزت ، کو چونا لگا کو گئی ۔ خدا ترسا ترسا

کرمار رہینگا ۔"

"مت کوسو بیگم ۔ مت کوسو" نواب صاحب غم اور دکھ سے بوجھل لہجے میں بولے ۔"

" کیسے مت کوسوں ، وہ بھی حرام زادی ، ہور اس کا سنگا ، دونوں کے تن تن میں کیڑے پڑیں گے .

نواب صاحب نے لپک کر بیگم کا موہنہ بند کردیا

" وہ دونوں بڑے معصوم ، بڑے پیارے بچے تھے ۔ بیگم آپ کو کچھ نہیں معلوم ۔"

"آپ کا سر زندگی بھر کے واسطے جھکا کو رکھ دیئے ، ہور پھر بھی بڑے پیارے ، معصوم بچے تھے ۔ ؟

"ہاں بیگم ۔ بہوت معصوم ، بالکل بے گناہ ۔ وہ دونوں بھاگے نہیں ۔ ہم خود ان کو بھگا دیئے ۔ ؟"

"مگر کیوں ؟ کاے کو ؟ " بیگم صاحبہ حق دق رہ گیئں

"اس واسطے بیگم کی ہم ان کا دل نہیں توڑ سکتے تھے . وہ لڑکا چاہتا تو ہماری بچی کو بھگا کو بھی لے جا سکتا تھا . مگر ہم خود اپنے کانوں سے سنے اس نے بولا تھا ، " میں ایسا سوچ بھی نہیں سکتا ۔" یہ شرافت ہر ایک میں نہیں پائی جاتی ، بیگم نسلوں در نسلوں خون چھنتا ہے تب یہ شرافت نصیب میں آتی ہے . جب ہم دیکھے کہ دونوں جی جان سے ایک دوسرے کو چاہتے ہیں ۔ مگر ہماری مرضی کے خلاف کچھ بھی نہیں کرسکتے ۔ تو ہم خود ہی ایک راست گاؤں لے جاکر دونوں کا نکاح پڑھوا دیئے اور یہ بات گاؤں

کے صرف چند ذمّہ دار اور معتبر لوگ جانتے ہیں، بس۔"

"پھر جب آپ خود اِچ نکاح پڑھوا دیئے تو اِتّا غم کائے کو بیٹھے۔" بیگم جھلائیں۔

"بیگم، ذرا اس باپ کے دل کے بارے میں سوچو۔ جس کی ایک ہی بیٹی ہو۔ جس کے دل میں یہ ارمان ہو کی زوردار برات آئے، سارا شہر امڈ آئے۔ اتنا دان دہیز دے کہ یہ گمان ہو کہ بازار کا بازار اٹھا کر دے دیا ہے۔ ہمارے کیسے کیسے ارمان تھے بیگم۔ لیکن ہم اپنے خود کے ارمان کچل سکتے تھے۔ اپنی بٹیا کا دل نئیں توڑ سکتے تھے۔ ہمیں اعتراف ہے بیگم، ہم یہ طعنہ سن سکتے تھے کہ نواب صاحب کی بیٹی بھاگ گئی۔ لیکن ہم یہ نہیں سہہ سکتے تھے کہ کوئی یہ کہے کہ نواب صاحب نے اپنی بیٹی ایک نوکر سے بیاہ دی۔ ہم کو خوشی ہے بیگم کی ہماری بیٹی ایک اچھے آدمی سے بیاہی گئی۔ مگر سمجھ میں نہیں آتا یہ ہماری جیت ہے یا ہار۔"

بیگم صاحبہ نے ان کے پر جلال چہرے کو غور سے دیکھا۔ جس پر غم نے اپنا سایہ ڈال دیا تھا۔ لیکن وہ کیسے مان لیتیں کہ ایسا جگمگاتا ہوا مہربان چہرہ بھی ہارا ہوا کہلایا جاسکتا ہے۔؟

# نکّو اللہ

ایو میرا دل ــ! انے میرا دل کیسے سوکھے مارے پتے ویسا لرز راجی ــ!! ایو میرے ہاتھان پادان لیسے ٹھنڈے کاٹے کو پڑگئیں موئی ــ! ابھی ابھی تو مئیں چھوٹے پاشا کے سنگات انون کے ہولڈال سے بنان کس لئے رتی تھی ـــ ابھی ابھی تک کا تو مئیں اپنے آپ کو بیچ دنیا کی ایک رہنے والی معلوم پڑتی تھی ــ پن اب میرے کو کیا ہوگیا ــ! میرے مئیں یہ ہمت کاں سے آگئی تھی۔ کبھی دخت تو مئیں ویسی حرکت نئیں کری ـــ پن اب ــ!

مئیں تو اس محل کی وہ پالکڑی چھوکری تھی جو کوئی کو اکسی موقعے پر نکّو نئیں بولی ـــ جو، جو بھی کام بولے، کر دی۔ کر کو نہ دیتی تو کرتی بھی کیا مئیں ــ میری ہمت اچ کیا پڑتی کی بڑے بڑے پاشا لوگاں کو نکّو بولتی ـــ" ایسا بھی تو دخت آیا کی کالے کالے راتوں کو جب کی ٹھنڈے ٹھنڈے ہوایاں چل رئے ہوتے مئیں مزے میں خر خر پڑی سوتی ہوتی کی کوئی نہ کوئی آن کو جگا دیتے۔

"ایو نواب زادی اُٹھ ـــ گوری پاشا کے کمرے کے انگاران کلس کو کلس گیئں۔ جا ببرچی خانے سے انگاران بھر لے کو آ ـــ"

اور میرے کو آتی رات کو، ایسی پکّی نیند سے اُٹھ لے کو جاناچ پڑتا۔ اپنے کمرے سے ببرچی خانے کو جاتے تک کا، میرے ہاتھان، پاوان ٹھنڈے ہو ہو کر سکڑ سکڑ جاتیں ـــ پن پاشا لوگان کا حکم ٹالتے نہ بنتا۔ میں تو دھنا دھن جوتے چپلان کھا کھا کو بھی چُپ چاپ چ رہی، پھر اب میرے کو یہ کیا ہو گیا تھا ـــ! میرے میں یہ نئی خوت، یہ نئی طاخت کاں سے آگئی تھی! آج کے دن میرے کو ایسا کیوں معلوم پڑا کہ میں بھی کوئی چیز ہوتی ـــ!!

ابھی ابھی تھوڑی دیر اوّل کی تو بات ہے کی بڑے پاشا جھپا جھپ ایک ایک کام کروا لے رہے تھے۔ ہاتھ میں کاغذ لے کو اُنون ادھر سے اُدھر اُدھر سے ادھر دوڑ دوڑ کو آجا رہے تھے۔

"وہ بڑا اگلدان رکھ لیئے کیا نیئں، جو میں مُرادآباد سے لایا تھا۔"

"وہ چاندی کا پاندان رکھے کیا نیئں جی، جو بڑی پاشا جہیز میں لے کو آئے تھے۔"

"اکے وہ صراحی بھی لے تو نیئں جس میں گرمیاں بھی رہو تو پانی ٹھنڈا چ ہو کر نکلتا ـــ"

یہ سو سب ابھی ابھی کے تو باتاں ہیں اجی ـــ پن اب کے اب میں میں کیا کر ڈالی۔

ہندوستان بٹا سو وخت میں بہت چھوٹی تھی۔ خد دد تو اچھا تھا، پن عمر چھوٹی چ تھی۔ اتی چھوٹی کہ امّی میرے سر کے بالان یہ بول کر مونڈ دی تھی،

کی لڑکیوں کے سر پہ جو پالا کے جو پالا خوب گھنے بالا نچ اچھے دکھتے۔ میرے کو میری عمر کا حساب یاد نئیں — پن کی اِتّا یاد ہے کی محل کے مولانا کے آگو، سب باشا لوگ کے ساتھ میں بھی بیٹھا کرتی تھی۔ نئیں میں کاٹنے کو بیٹھتی۔ ایسا کیا میرے کو پڑھنے لکھنے کا شوخ تھا، وہ تو میری امنی کو بڑا سوئلہ تھا کی میرے کو پڑھنا لکھنا آجانے — مولانا کے آگو میں بیٹھتی تو تھی پن دوسرے بی بی لوگاں میرے کو بات بے بات، کام رہو چاہے نہ رہو، البت کر کو اُٹھا دیتیں۔ اُن لوگاں شاید یہ چاہتے ہوں گے کی نوکرانی کی بیٹی ہے اس کو کاٹے کو پڑھنا لکھنا ہونا — مگر ہوا ایسا کہ اُسی اُٹھک بیٹھک میں بیچ میرے کو پڑھنا لکھنا آگیا۔ ابّا امنی کے پاس گاؤں سے کوئی خط آتا تو میں پڑھ کو سُنا دیتی ہور امنی کو جواب دلوانا ہوتا تو میں لکھ کو دے ڈالتی — امنی کو بڑی خوشی ہوتی، کی مولانے وہ دن بھی دکھایا کی میری بیٹی خلم چلانا سیکھ گئی۔

ہو تو میں یہ بول رہی تھی کی جب یہ ہندوستان بٹا سو وخت میں بہوت چھوٹی تھی — پھر بعد کو بوا یوں کی میں ہول کے ساتھ ساتھ بڑھنے لگی۔ امنی کو حیرت ہوتی تھی کی نئیں پن میرے کو تو لگتا تھا کی بیٹھے بیٹھے میں بڑھتی پچ جا رہی ہوں۔ جو چھوٹے بی بی لوگان میرے ساتھ کے تھے اُنوں تو جیسے دہاں کے دہانچ تھے پن میں تو اکدم لمبی ہوتی جا رہی تھی۔

اُنے معلوم نئیں ہمارے محل والوں کو کون ایسی ہوندی سیدھی پٹی پڑھائے کی سب کے سب لوگان اکدم سے پاکستان پاکستان بول بول کو اُدھرچ گھسرنے لگے۔ اب میرے کو اتّا خیال تو نئیں پن یہ اچھے طرحون سے معلوم ہے کی جب موب جانے کے باتاں کرتے تھے تو کوئی یہ نہیں بولتا تھا کی میرے کو اور امنی

کو بھی لے کو جائیں گے ـــــ وہ دناں ایسے تھے کی مئیں ہرنی کے دیسا جگو جگو اُڑتی پھر لیتی تھی۔ ایک دن ایسا ئچ میں، بغیچے کے پچھواڑے میں، کچی روش سے ہٹ کو پکھے پکھے امیاں توڑ رئی تھی کی اندر سے باتاں کرنے کی آواز آئی۔ بڑے پاشا بول رہے تھے۔

"ہم کو کیا وہاں جا کو لنگر خانے کھولنا ہے کیا ـــ؟ اب اتنے دناں رکھے سو رکھے اب سوب کو چھٹی دے کر بڑھا دیو۔"

مئیں کچھ بات تو سمجھی کچھ نئیں سمجھی۔ ایک قدم آگے بڑھائی اور کھڑکی سے لگ کو کھڑی ہوتی۔ پھر شاید بڑے ماموں بولے: "تو کیا پاکستان جا کو آپ لوگاں چولہا چکی سنبھال لے کو رہیں گے۔؟" یہ بات شاید بڑے پاشا نئیں سوچے تھے۔ اُنھوں تھوڑی دیر تو غپ چُپ رہے، پھر بولے:۔

"ایسی بات ہے تو جو جو نمک حلال نوکراں ہیں اُن اُن کو سمیٹ لینا ـــ" اور آگے جو باتاں چلے تو یہ سُن کر میرا خون کھول کر رہ گیا کہ نمک حلالاں کی فہرست میں میری امی کا کہیں نام و نشان تک نہ تھا ـــ!! ایو پاشا یہ تم کیا باتاں لے کو بیٹھیں۔ مئیں اپنے آپ میں بولی ـــ بھلا میری امی سے بڑھ کو نمک حلال تم کو کہاں ملتی ہور کہاں ملی۔! کیا تم وہ دناں بھول گیئں کی جب میری ماں تمہارے محل میں نوی نوی آئی تھی ہور اپنے گلے کی بھیڑی جیسی بکری کی طرحوں سے بولائی بولائی پھرتی تھی ـــ!! پھر یہ تیچ تو تھے نا کی ایک رات کو تم نے میری ماں کے ہاتھ پکڑے، پھر پہونچا پکڑے ـــ ہور اب آگے کیا بولوں ـــ؟ میری ماں آخر کو بھی غریب گھر کی تھی۔ تمہارے ٹکڑوں پو آ کو پڑ گئی تھی۔ اور یوں پالکی بن کو مشہور ہو گئی تھی۔ یہ تمہارا حیدرآباد بھی خوب ہے پاشا۔ نوابوں کا

یہ دیش اندر سے کیسا کالا ہے۔ حیدرآباد نگینہ مگر نیچے مٹی اوپر چونا ـــــ اب کوئی کیا سمجھے یہ اوپر سے جھم جھم چمکتا تمہارا حیدرآباد اندر سے کیسا کالا کلوٹا ہے۔ یہاں پر تو عزتوں کو تم لوگاں ایسا نیلام کرے کی کوئی مولی بھاجی بھی ایسا نئیں بیچتا۔ میری ماں اپنی زندگانی کے سارے سکھاں، سارے ارماں، سارے ارزواں بھول بھال کو تو تمہارے در آ کو پڑی اور اوپر سے تم ایسا بولتے کہ اُنے نمک حلال نئیں ـــ خوب ہے تمہاری بادشاہت۔

میری ماں قسمت کی ماری اُنے کیسا نوکر کے بڑے پاشا کے محل میں آ گئی اب میں حیدرآباد کی رہنے والی ہو گئی تو میرے کو یہاں کے تمام ریتاں، رسماں طوراں، طریقے معلوم ہو گئے۔ یہ حیدرآباد کا رچ چلن ہے کی اچھے بھلے لڑکیوں کو بڑے لوگاں رے لے کو پال لیتے اوراُنوں بے چارے پالکڑے کے نام سے مشہور ہو جاتے ـــــ پالکڑے بولے تو پالے ہوئے۔ میری امنی بھی دیسی یچ بدنصیب تھی۔ پہلے تو بڑے پاشا دلہن سے طے ہوا تھا کی اُنے چار پانچ مہینے کام کر رے کو رہیں گی۔ کبھی اچھے طرحون سے کام کری، تو آگے ہمیشہ کو رکھ لیں گے۔ مگر چار پانچ مہینے تو چھوڑ چار پانچ دناں بھی گذرے نئیں تھے کی اُنے میری امی بڑے سرکار کو پسند آ گئی اور ایسی ہی چمک کا کر پسند آ گئی کی انون میری نانی سے میری ماں کو ہمیشہ کے واسطے خرید لئے۔ اور یوں میری ماں جو تھی تو پالکڑی بن کو رہ گئی ـــــ!

مگر امنی کی خسمت بری تھی۔ پہلے تو بڑے پاشا امنی کو اپنے خواب گاہ میں، خالی پیراں، ہاتھاں دبو لنے کو بلاتے رہے ـــــ پھر کیا دل میں آئی تو ہور آگے بڑھے۔ سوچنے والے سوچن گے کی گھر کے بڑے منع کرنے کو مر گئے تھے کیا؟ تو شاید

اُن کو معلوم نئیں کی یہاں کا خائیدہ تھا کی جان بوجھ کو خدمت گذاری کو باندیاں بندوڑیاں رکھتے تھے۔

"خدا دولت دیا تو اُس کا مصرف تو یہی ہے کی لڑکے بالے جی خوش کرسکتا ——!"

بڑے پاشا بھی اپنا جی خوب خوش کرے۔ یہ کون دیکھتا کی اپنی خوشی کے آگے دوسرے کی خوشی بھی ہے کی نئیں۔ وہاں تو بس سب کچھ اپن ہی اپن تھے۔ میری امنی میرے سے بتاتی کی جب کبھی شہر میں ڈھولان بجتے اور براتان نکلتے، تو میرا جی چاہا کرتا تھا کی مئیں نے بھی ایسی سج دھج دلہن بننا۔ کوئی ڈھولان بجا بجا کو، لال، لال جوڑا لے کو آنا اور مئیں نے سج دھج کر پالکی میں سوار ہو کو شرماتے ہوئے جانا۔ مگر امنی کے سنگات تو یہ ہوا کی ڈھولان بجے نئیں، برات آئی نئیں۔ کس کی شرم؟ کدھر کی سج دھج؟ بڑے پاشا ہاتھ پکڑ کو پہونچا پکڑے، کلائی پکڑ کو بستر میں گھسیٹے اور سارے ارمانان ہوا ہو گئے۔ نہ کوئی پوچھ گچھ کرنے کو خالی تھا، نہ ایسی بڑی بات تھی یہ، بلکہ اگر کوئی پالکڑی یوہیچ "خالی" دکھتی تو سب چھوکریاں چھیڑ چھیڑ کو پوچھتے کی "اُنے کیا تیرے کو کوئی پسند نئیں کرا کی خالی گھوم رئی؟" اس خالی کا مطلب اُس سے تھا جو حاملہ نہ رہتی —— جو خالی رہتی امیں کوئی نہ کوئی کمی رہتی اور جو بھری رہتی وہ پاشا لوگ کے مذاخ پر پوری اُترتی۔ میری ماں تو ایچھی قسمت لائی تھی کی آتے ہی بھری بھری گھومنے لگی اور جب پھر سے خالی ہوئی تو نتیجے میں مئیں اُس کے گودی میں تھی۔

لوگاں کہتے مئیں بڑی خوبصورت پیدا ہوئی تھی —— میرے آنکھاں یہ بڑے بڑے تھے۔ گالاں خوب لال لال۔ سر پہ تو جیسے کسی نے ٹوپی ہی پہنا کر رکھے تھے جھنڈولا بالاں گھنے بلور لمبے یہ رنگ بھی خوب تھا۔ کہتے مئیں پیدا ہوئی تو کوٹھری

یں جیسے روشنی ہو گئی۔ نہی اچ دنوں میں دلی سے بڑے پاشاکے کو رشتوں کے بھائی آئے تھے۔ میرے کو آکے دیکھے تو بولے۔" اتی خوبصورت بچی کا نام تو بس سویرا رکھنا ــــ" یہ بات سُن کو سب اِتا ہنسے کی بیٹوں میں بلان پڑ پڑ گئیں۔" اگے صبح ہوتی تو اس کو سویرا بولتے یہ کوئی لڑکیاں بالیاں کے رکھنے ویسا نام ہے کیا لوگاں سُنیں گے تو کیا بولیں گے ــــ؟"

بولتے بھئی، کی اُنوں شاعر تھے اور اپنے دل سے گیتاں جوڑتے تھے۔ اُنوں بولے۔ آپ لوگاں تو جانواراں ہیں۔ آپ کو نام کی خوبصورتی کیا معلوم ــــ یہ اُلٹ پلٹ ناماں صنوبر، صندل، گل چمن، نو بہار، چنبیلی، گلاب، گیندا تو پُرانے زمانے کے لوگاں رکھتے تھے۔ مگر دن کو زعفران کی کیا پرکھ ــــ

اُنوں کے نام کی ابھی ہنسی اگلچ رئی تھی کی ایک دم سے کہتے میری ماں نے آنکھاں کھولی اور بولی۔

" اس کا نام سویراچ رکھنا۔ کیا معلوم اس کا نام اُس کی زندگی کو ویسا چ بنا دے جیسی کی روشن صبح ہوتی۔"

وہ دلی والے سرکار میری ماں کے منہ سے یہ بات سُن کر بولتے اتے حیران ہوئے کی ایک جاہل عورت نے ایسی بات کیسی بولی۔ مگر پھر ہوایوں کی میرا نام سویرا ہی رکھے ــــ پہلا پہل تو سب کو میرا نام بہوت اد کل لگا پن بعد کو سارے لوگاں عادی ہو گئیں۔

میں چھوٹی تھی پن یہ دیکھتی ہور سمجھتی تھی کی میری ماں کے منہ پر کبھی ہنسی نئیں آتی تھی ــــ دیکھنے دکھلانے میں تو وہ ایسی اچھی تھی کی پہنا اوڑھا کو بٹھا ڈالتے تو لوگاں پیچ پوچھتے کی: " انے بھئی کوئی جاگیر دارنی ہے کیا ــــ؟" مگر میری

امنی تو بے چاری، پہننے اوڑھنے تک کو دوسرن کی طرف دیکھتی تھی، وہ کاں کی جاگیر دارنی تھی۔ ویسے جاگیر دار کی بیوی کو لوگان جاگیر دارنی بچ بولتے ـــــ اور ویسا دیکھو تو میری امنی بھی تو جاگیر دار کی، نواب کی بیوی جیسی تھی، پن اب یہ کون دیکھتا ہے ـــــ!! وہ تو آسمان پو پہونچ کو بھی زمین ہچ رئی۔

جیسا جیسا میرے کو سمجھ آنے لگی میں یہ بات سمجھ گئی کی اس گھر والے میں تو ہنسنا بولنا بھی اپنے بس کا نئیں ـــــ پاشا لوگان جو چاہ لیتیں کرتیں۔ پن اپنا تو یہی حال تھا کی قدم قدم پر دیکھ دیکھ کو چلو ـــــ میری امنی کے آنکھان ہمیشہ پانی سے بھرے رہتے۔ جب میں نے تھوڑا بہت لکھنا سیکھ گئی تب میں نے سوچی تھی کی اپنی امنی کی ایک کہانی لکھنا ـــــ امنی کو یہ بات میں بولی تو آن کو بڑی ہنسی آئی، بولے: "بیٹا کانیان تو بڑے پڑھے لکھے لوگان لکھتے۔ اپن لوگان تو ایسے ہے کی سیدھے سے بات کرنا بھی نئیں آتا۔ قلم چلانا بھی نئیں آتا ـــــ اُلٹے پلٹے، تو کانیان کیا لکھیں گی ـــــ" میں بولی تھی: "امنی میں تو اب بہوت اچھا لکھنے پڑھنے لگ گئی۔ محل کے دوسرے پالکڑی لڑکیاں تو میرے اتی اچھی بات کر سکتے۔ میرے ویسا ڈھنگ کوئی کا ہے؟"

اور یہ بات میں جھوٹ بولی بھی نئیں تھی۔ بہت دنان پیچھے وہی دلی والے سرکار آئے تھے تو اُنوں بولے تھے: "سویرا تو حیدرآبادی معلوم پڑتی نئیں۔"

ہمارے پاشا نے پوچھے تھے۔ "وہ کیسا؟"

تو اُنوں نے جواب دیئے تھے کی "حیدرآبادی لوگان جیسے غلط سلط بات کرتے اِنے نئیں کرتی ـــــ کرتی پن اتی نئیں کرتی۔"

اُتنے بڑے سرکار جو دلی سے بار بار آتے جاتے تھے، تھے تو اُسی حیدرآباد

کے، پن جانے کیا بھید تھا کی اُدھر اُنوں کچھ سالاں پیچھے حیدرآباد چھوڑ کو دلی جا بسے تھے۔ بولتے اُنھوں کبھی شادی بھی نئیں کرے۔ میری امنی یہ بات بتائی تھی کی اُنون کسی پالکرڑی سے عشق کرے۔ عشق کرے پن ایسا سچا کی بولے اُسی کو بیوی بناؤں گا۔ اب دل بہلا دے پُرتے کی محبت جتاتے تو اچھا بھی لگتا پن اُنون تو اس کو باخاتیدہ اپنی رانی بنانے کا سوچ لے کو بیٹھے تھے۔ اُنون کو دادا منع کر دیے عشق کے ایسے سچے ہور ضد کے ویسے پکّے تھے کی اُنوں سارا زمانہ چھوڑ ڈالے۔ اُٹھے ہور دلّی جا کو بس گیئں۔ پہلے تو کتے دناں پلٹے ہچ نئیں۔ پھر بہوت برساں بعد آتے تو لوگاں کہتے اُنے بالکل بدل کو رہ گئے تھے۔ تو میں یہ بول رتی تھی کی جو دلّی والا ایسے بولے کی یہ اچھی بات کرتی تو اُس میں جھوٹ بات تھوڑی ہوتی۔ پھر اُنون کے بولے پیچھے میں آزمائی تو سچّی میں دوسرے چھوکریاں ویسی جاہل نئیں لگی اپنے کو — میں یہ سوچ کو رکھی تھی کہ سچی کہانی لکھوں گی، ضرور لکھوں گی، مگر میری خسمت کی کبھی موخع نہ ملا — میں بڑھتی گئی ہور یہ بات بھول گئی۔

لوگاں بولتے کہ کوئی کوئی بچپان ایسے رہتے کی اُن کے عمراں تو چھوٹے رہتے پن اُنے دماغ بڈھون کالاتے — میرا بھی ویساچ حال تھا۔ ہندوستان بنا سو وخت میری عمر چ کیا تھی! پن عخل بہوت بڑی تھی۔ پھر میں وہ زمانہ بھی دیکھی جب کیا بولتے اُس کو وہ پولیس اکشن ہوا۔ پھر تو پورے حیدرآباد میں وہ وہ ہلو رچی کی پوچھو نکو — پھر دناں ایسے بیتنے لگے جیسے شکاری کو آگے بھاگتا ہرن۔ ابھی کیے یہاں تھا کہ ابھی وہاں — ان آنکھاں نے کیسے کیسے زمانے دیکھ کو بیٹھیں!

سال پیچھے تو محل والوں نے میٹنگ جمع کر کو پاس کئے تھے کی اب جیسا کچھ بھی خسمت میں نکھا ہے بھگتنا — نہ آنا نہ جانا — پن اب یہ نوا ہلڈ مچا تو پھر سے

یہاں وہاں جگو جگو بیٹھ کو سرگوشیاں ہونے لگے۔ سب اپنے اپنے باتاں سناتے کوئی کسی کو سننے کو خالی نہیں تھے۔ پن بڑے پاشا بیٹھ کو سب کو سنائے کی ایسا آپس میں بکواس کرلینا اچھا نئیں ـــــ اب سوچو کون جائے کون نئیں۔

بڑے بڑے باتاں ہوئے، پھر یہ طے کرے کی آدھے لوگاں چلے جانا، وہاں جاکے بزنساں کھولنا، ملاں چلانا، کچھ کچھ، تو بھی کرنا، پن خالی نئیں بیٹھنا کی خالی بیٹھنے کا اب یہ زمانہ نئیں ـــــ اور جب ادھر سارے زمیناں، جاگیراں حکومت کے حلق میں چلے جائیں گے تب تو سب کو جاناچ پڑتا۔

اور پھر ایسا ہوا کی بہت سے لوگاں پاکستان چلے گئیں۔ پن میں نئیں گئی۔ میں بولی میری ماں جہاں رہیں گی وہیں میں بھی رہوں گی۔ ہور اب میری ماں پاکستان چھوڑ دنیا کے کوئی حصے میں نئیں جاسکتی تھی۔ کیونکہ اُنے پولس ایکشن کے کچھ دناں پہلے مرگئی تھی۔ ہور جب ایک انسان مرجاتا ہے تو اُسنے آنے جانے کے سارے سلسلے چھوڑ جاتا ہے ـــــ اُنے اب ایسے سفر پہ چلی گئی تھی کی اب واپس آنچ نئیں سکتی تھی۔ امی کے مرنے کا بھید میرے کو نئیں معلوم، پن لوگاں کہتے اُن نے خودکشی کی تھی۔

میری جوانی برسات کے منہ زور بادل کے ویسی اُمڈ اُمڈ کو ٹوٹ پڑی چلی آرہی تھی اور جدھر جاتی اُدھر اِچ اُجالے ہو ہو جاتے۔ ایسے میں میں تو چڑھتا سورج ہوتی جارئی تھی جس کو ہر کوئی اپنے دل میں بھر لے کو رکھنا چاہتے۔ (اور کتے ناماں گناؤں جو ایسا کرلینا چاہتے تھے!) کہتے میری ماں ایک دن باورچی خانے میں دوسرے پالکڑے چھوکریاں سے بولی: "میں نئیں چاہتی میرے دیسا حشر میری بچی کا بھی ہو ـــــ" کوئی بولے: "وہ تو ایک نہ ایک دن ہوکرچ رہینگا۔"

اس پر میری ماں نے کہی :" تو اُس گھڑی کو دیکھنے سے اچھا یہ ہے کہ میرے آنکھاں ڈھنک جانا۔"

اور میری ماں کے آنکھاں ڈھنک گئے۔ اُنے خود چ ڈھنک لی۔ امنی پاگل تھی۔ کتنی عجیب بات کری اُس نے۔ میرے کو اِس طرحون سے اکیلے چھوڑ دی۔ امنی کے مرنے کے بعد جب میں نے یہ بات سُنی ہور ایک دن خالی یو نچ آئینہ دیکھی تو پتہ چلا کی ماں کی بات غلط نئیں تھی۔ ابھی ابھی تو سال دو سال پیچھے کی بات ہے کی ماں نے میرے بالاں منڈا دی تھی۔ جب میں کیسی تھی ہور اب ـــــ!! لمبے لمبے بالان میرے پیٹھ پو جھول رہے تھے ہور منہ کیسا جگ مگ جگ مگ کر ریا تھا۔ میں نے اُس وقت سوچی تھی کی سچی اگر سویرا صبح کو بولتے تو میئں سویرا ہوں۔ مگر کیسا اندھیرا اور تاریک سویرا ـــــ بولتے ناجی کی صبح چمک دار، روشن، اور خوبصورت ہوتی ـــــ ارمانان بھری ہوتی، آرزوان بھری ہوتی میں اوپر سے تو سچی بھی سویرا تھی، مگر اندر سے رات تھی ـــــ رات کے ویسی کالی اور بھیانک ـــــ نئیں تو پھر میرے دل میں ارمانان بھری روشنی کائے کو نئیں تھی ـــــ!!

ادھر تو امنی مری اُدھر محل کے لوگان، آدھون آدھ لوگان ـــــ پاکستان چل دئیں ـــ کیسا کیسا میرا من ترسا کی اس اکیلے پن سے، اس ڈھنڈار محل سے اس جلانے رُلانے والے گھرانے سے بھاگ کو کہیں چھپ جاؤں، پن میرے دُکھی من کو کبھی کوئی سہارا نئیں ملا۔

یہ نکو سمجھو کی سہارا دینے والے ملے نئیں۔ ملے تو ضرور پن ایسے جن کے آنکھان، جن کے نظران زہر بھرے تھے، جن کے سانساں مار ڈالنے والے

تھے، جن کے رگ رگ میں شیطانیت اور حرام زادگیاں بھرے ہوتے تھے۔
بہوت سے لوگاں یہ سمجھ لے کو بیٹھے تھے کی جاگیراں ختم ہو گئے۔ حکومت نے زمیناں لے لیں تو اب ان لوگاں کے دماغ ٹھکانے کو آجائیں گے — پن ایسی کوئی بات نئیں ہوئی۔ وہ لوگاں تو روزِ اوّل سے تھے — ایسے باتاں بولنے کو بھی شرم آتی، پن ہم کو تو اپنے آنکھاں سے دیکھنا پڑتا — میرے کو اپنی زندگی سے بیزارگی ہوتی جارئی تھی۔ اپنے آپ پو رحم آتا — دُکھ ہوتا کی یا مولیٰ یہ بھی کیسی زندگی تو دیا۔
اپنی زندگی سے اب تک کا تو دُکھ ہوتا تھا، خود پو رحم آتا تھا، پن اکدم سے اب میرے کو اپنے آپ سے نفرت ہو گئی۔ اپنی زندگی زہر معلوم پڑنے لگی۔
میرے ساتھ کے اور بھی پالکڑے چھوکریاں تھے۔ کچھ تو میرے ویسے ہی باپ ہوتے بھی بن باپ کے، اور کچھ غریبی کے مارے خریدے ہوئے چھوکریاں تھے۔ اُن میں سے ایک ستارہ بھی تھی — بولتے ستارہ خالی آسمان پو جگمگاتا، ایسی اُس کی عزت رہتی۔ پن اُنے ستارہ ہونے کے باوجود زمین پر پھینکے گئی، بلکہ موری میں ڈالے گئی۔
ہمارے بڑے پاشا صاحب کے منجھلے بیٹے حیدر میاں نے ستارہ کو ایک دن دیکھے بس دیکھ لئے۔ اُس کے بعد کام نہ دھام، بھبرچی خانے کے بار بار پھیرے کرنے لگے۔ ستارہ کی ماں بھی بہوت نمک حلال تھی کی جب اُنے دیکھی کی منجھلے پاشا آپو آپ ہو کو یوں دوانے بن رئیں تو اُنے اپنی بیٹی کو خواب گاہ میں بھیجنا شروع کری۔ اس خواب گاہ کا حال میں کیا بولوں آپ سے — نکو پوچھئے تو چ بھلا ہے۔ وہاں پھولاں بھرے سیجاں تو ہوتے تھے، پن پاشا لوگاں کے واسطے ہمارے ایسے بدنصیباں تو وہاں پہونچ کو خود کو خصائی کے چھری تلے کی گائے سمجھتے تھے۔ ستارہ بھی اسی خید خانے میں پہونچی اور خصائی کی چھری تلے آگئی۔

پھر تو ستارہ کو ایک بعد ایک سبھی نے استعمال کرنے شروع کر دیئے۔ جب تک اُنے منہ بند کلی رہی، سو رہی۔ پن جب اُنے پھول کے نا دکھلی تو ہر کوئی اپنے اپنے گلدان میں اُس کو سجانے لگے۔ کہاں تو اُنے پھول بن کے مہکی تھی کی ایک دن موری کا کیڑا بن گئی۔ چیاؤں چیاؤں کرتے دو تین بچے اُس کے آگے پیچھے جھولتے رہیں ـــــ اور پھر یہ مزہ کی ہر بچے کا باپ الگ، اُنے ایک کی صورت ایک سے نہ ملتی؛ سوب الگ الگ صورتاں لے کو آئے ـــــ اور یہ تو پھر ہے چ کی جیسا بیجاں ڈالیں گے ویسا پھل اُترے گا۔ دو چار برسوں میں ستارہ کیا تھی اور کیا ہو گئی کی دیکھ کو رحم آتا ـــــ میں ایک دن اُس سے بولی بھی کی یہ سوب غلط باتاں کیوں کرتی تو اُس کے آنکھاں بھر آئے اور بولی: "ہمے گندی موریاں کے کیڑے کب تلک کا اپنے کو بچائے کو رکھ لیتے!"

"تو ایک دن میرا بھی یہی حشر ہوئینگا۔" میں نے سوچی اور پھر میرے کو اپنی زندگی سے، اپنی ہر ہر چیز سے نفرت، آنے لگی۔ اُس سے اچھا تو یہی ہے کی انسان مرجائے۔ مگر پھر میرے کو خیال آیا کی مرنا تو بزدلی ہے ـــــ ڈر نا مرنا تو ڈرپوکوں کا کام ہوتا۔ بچے طرحوں سے زندہ رہ کو اپنے حق ہور زندگی کے واسطے کیوں نئیں لڑنا ـــــ مگر پھر جب سب باتاں سوچ کو اپنے آس پاس دیکھتی تو خیالاں آتے کی ایسے پنجرے میں کیا بچ کو رہنا ـــــ جہاں لوگاں ایک کونے میں اپن کو ڈال کے اُس پاس خونخوار شیراں چھوڑ دیتے۔ ایک سے بچیں گے تو دوسرا آن کو گھیرینگا۔ دوسرے سے بچے تو تیسرا۔ تیسرے سے بچے تو........ یہ سلسلہ کہاں پر ختم ہوئینگا۔"

مولا تو بھی عورت کو کیسا بے سہارا بنا کو رکھ دیا رے۔ پہلے تو خود چ عورت

میں ہمت کی کمی ہوتی، اُوپر سے ایسے خیدان بھی لگا دیا ــــ اب میں اپنے کو بچانے کی ترکیباں سوچی بھی تو یہ سمجھہ میں نئیں آیا کی کس کا ہاتھ پکڑ دوں گی جھوٹے محبتاں، خالی خولی پیاراں جتانے والے تو بہوت مِل جاتے، دل سے چاہنے والا کہاں ملتا ــــ؟ اپنا کام نکال کو دوسروں کو بے کام کر کو چل دینا تو سب کو آتا پن وہ محبت کرنے والا دل کون سے کونے میں بستا کی جو لپنے کو روتا دیکھ آنسو کے خطروں کی جگو خون بہانے کو بیٹھ جاتا۔ عورت کے دیوانے تو سب ہوتے۔ اپنا پہلو گرم کرنے کو سب سوچتے ــــ پن اُس کی زندگی، اُس کے دُکھ درد کا خیال کون کرتے؟ یہ محل والے ــــ یہ درندے ــــ یہ شیراں؟

"بھاگ جاؤں"۔؟ میں نے اپنے دل سے پوچھی ــــ! پھر یہ خیال کری کی بھاگ کو اتی بڑی دُنیا میں جاؤں گی کدھر ــــ دُنیا میں بھی تو آخر بُرے لوگاں بستے ہوں گے ــ پھر ــــ؟؟

"بھاگنا ضروری نہیں ہے کچھ ــــ" مَیں لپنے دل کو سمجھا دی۔ ہمت سے رہے تو چ سب کچھ ہے اپنا من میلا رہے تو لوگاں بھی آنکھیں بھر بھر کو دیکھتے۔ اپن سلامت روی کی چال سے چلے تو کسی کے باپ کا مجال نئیں ہوتی کی ایک نظر بھی پھینک کو دیکھے۔

زندگی ایسچ گذرتی تھی ــــ نامراد، اندھیاری ــ کی اکدم سے میرے کالے راتاں صبح میں بدل گئے۔

محل کے آدھوں آدھ لوگاں پاکستان چلے گئے تھے۔ کبھی کبھار وہ لوگاں ملنے کو آتے ہچ تھے۔ اب کے منجھلے پاشا، بڑے چچا، چھوٹے پاشا آئے تو جیسے محل بھرے میں بہار ناچ گئی۔ یہ لوگاں اب کے آئے تو بولے کی اب سوب

کو پاکستان لے جانا ہے، کیوں کہ اب یہاں پو زندگی یوں کوئی مزہ باقی نہیں رہا۔

اب میں اچھی خاصی ایک جوان لڑکی تھی۔ ادھر اُدھر نکل جاتی تو ایکو ایک مرد میرے کو چ گھورنے لگتا۔ ویسے تو لوگاں خود بولتے کی جوانی اپنی جگہ خود چ ایک خوبصورتی ہوتی، اُس پر خوب صورت چھوکری کی جوانی ——! امحل میں بہار ناچی تو ناچی میرے دل میں بھی ناچی —— زندگی میں پہلی بار تھی کی کوئی نے سچ مچ میرے کو پیار بھری آنکھاں سے دیکھ کو مسکرایا۔ ایسے پیار سے مسکرانے والا وہ عباس تھا —— جب پولیس اکشن کے دخت سب لوگاں پاکستان گیئں تو اُنے بھی ساتھ گیا۔ جب کو اُنے ایک بچّے کے مافق تھا، پن اب تو ایک اچھا خاصا مردوا بن گیا تھا۔ اور کیسا طرح دار اور بانکا مردوا کی دل آپو آپ اُسکی طرف کھینچتا۔ پیار سے مسکرانے کو دیکھنے کے سوا اُنے کبھی میرے سے بات تک کرنے کی کوشش نیئں کرا۔ یہ نکو سمجھو کہ ایسے سے محبت نیئں رہتی کی بات تک تو نیئں کرا اور بول رئی کہ محبت کری تھی۔ سچی چاہت والے کا یہی رُوپ ہوتا۔ چار چھ سال اُنے پاکستان رہ کو کیا آیا کی اُنے اپنا لب لہجہ، بات چیت، چال ڈھال سب بھول بیٹھا —— اب اُنے بات کرتا تو ایسی جیسے چھوٹی پاستا لوگاں کو اردو پڑھلانے والے ماسٹر کرتے تھے۔ کسی کو کوئی کام سے پکارتا تو ایسا کی آواز کان میں نرم نرم لگتی —— چلتا تو ایسے کی زمین ہدرتی اور سینہ ایسا تنا ہوا کی جیسے کچے نیئں پتے گولیاں کھانے کا حوصلہ ہے۔

عورت کا دل بھی میں بولتیوں کیا دل ہوتا کی جہاں پیار کی ایک ذری جھلک بھی دیکھا دیں جھک گیا۔ اب عباس کے خیالاں آتے تو صرف عباس ہی دن میں دماغ میں نہ آتا بلکہ ایک گھر، ایک باغ اور کھل کھل کرتے بچّے بھی آپو

آپ چلے آتے۔ بچے —— جو الگ الگ صورتاں نئیں رکھتے تھے۔ کسی کی ناک عباس کے دیسی تھی، کوئی اپنے آنکھاں عباس کے دیسے لایا تھا۔ کسی کے چلنے کی ڈھب عباس دیسی تھی اور کوئی تو چھوٹا سا عباس ہی تھا۔ بس —— میں تو وہ پھول تھی جو ایک ہی گلدان میں سجنے لائخ تھی۔

اب تک محل میں جو سارے لوگاں تھے اُنوں ایسے نیت کے، نظر کے بُرے تھے کی کبھی پینے کو پانی بھی مانگے تو جھٹ آنکھ مار دیتے۔ کبھی پان کی تھالی دینے کو اُٹھی تو ہاتھ پکڑ لینے کو تیار ہو گئے۔ مگر عباس ——!! اُنے تو بات بھی کرا تو نظر جھکا کو۔

ایک دن بغیچے میں میں بڑے پاشا کے سرہانے رکھنے کو گلاب کے پھولاں توڑتی تھی کی گچھ سے ایک کانٹا اُنگلی میں گھس گیا —— سی، کر کو میں اپنی انگلی منہ میں ڈال لی۔ پتہ نئیں دہاں عباس کھڑا تھا کی میری آواز سن کو آیا —— آیا اور اکدم میری انگلی پکڑ لیا۔

"دیکھ کر کام کیا کرو۔ اگر ابھی زخم بن جاتا تو۔"

میں حیرت اور شرم سے ڈوب مرگئی —— اُنے کیسی دہلی دہلائی زبان میں بات کر رہا تھا۔ میں اپنے آپ کو اُس کے سامنے ایسی حقیر لگی۔ دل بولا، ڈوب مردں —— میں نے اپنے دونوں ہاتھاں منہ پر رکھ لی ——"نکو اللہ ——"میں خود سے بولی یہ اِتے اچھے آدمی سے کیا بات کردں ماں۔"

وہ کچھ دیر تو کھڑے رہا پھر بولا۔

"لاؤ تمہاری اُنگلی پر پٹی لپیٹ دوں ——" اور ایسا بول کو وہ اپنی دستی کا کونہ پھاڑنے لگا۔

"نکو اللہ ——" میں گھبراہٹ میں بولی —" اپنی دستی نکو پھاڑو۔ ایسا کیا بڑا زخم میرے کو لگ گیا۔" میرا دل جیسے رونے لگا۔ میں بولی: "تم اتنے سے زخم کو دیکھ کو پٹی لپیٹ دے رئیں اور جو میرے دل میں اتنے سارے زخماں پڑے سو!"

وہ ذرا دور ہٹ کر بولا: "میں تمہارے سارے زخموں پہ اپنے پیار کا مرہم رکھ دوں گا —— بولو، مجھ سے بیاہ کر دگی؟"

یہ بادلان، یہ ہوایاں، یہ پھولان، یہ باغان جیسے سوب کے سوب جھوم جھوم کو لہرانے لگے —— ہم دونو کو کھڑے کتنی کم دیر ہوئی تھی پن میرے کو ایسا لگا کی ہم کتنے زمانے بیت گئے کی یہیں ہے۔ میں نے سر اُٹھا کو اُس کو دیکھی، جانے کب تک دیکھتی رہی ہور پھر جیسے میں کسی جادو کے اثر سے آگے بڑھی اور جا کو اُس کے سینے پو اپنا سر ٹکا دی۔ اُس نے جھک کو میرے مُنہ کو دیکھا۔

"تم کتنی بدل گئی ہو سویرا۔ تم کتنی اچھی ہوگئی ہو۔ تم تو سچ مچ میری زندگی میں صبح بن کر آگئی ہو۔"

اور اُس نے دھیرے سے جھک کو میرے کو اپنے ہاتھاں میں سمیٹ لیا۔ اُس ایک گھڑی میں ہمارے سارے دکھاں ایک ہوگئے، سکھاں ایک ہوگئے۔ ہم دونوں اتنے قریب ہوگئے جیسے کبھی دور ایچ نئیں تھے۔

پہلے تو عباس کراچی جا کر اپنی تعلیم پوری کرا، اُس کے بعد اُنے پاشا لوگاں کے حساباں کتاباں کی جانچ پڑتال کرنے لگا۔ اُس کے بغیر تو اب محل والوں کا پتا بھی نئیں ہلتا تھا۔ وہاں کراچی میں کہتے بہوت سے لڑکیاں اُس پر لٹو ہوئے۔ بہوت سے لڑکیاں اُس سے عشق لڑانا چاہے، پن اُنے کسی کو خاطر میں نئیں لایا۔ اب مُنے بولتا تھا کی بچپنے سے جب کی اُنے میرے کو دیکھا تھا، میرے ساتھ۔ ہا

تھا، میرے کو چاہتا تھا ـــــ اُنے بولتا میں اِتنے بڑے بڑے بستیاں گھوما، ایکو ایک لڑکی سے ملا، پن وہ بات کسی میں نئیں جو میرے میں ہے۔

میری زندگی اب تک کا بڑی بُری گذری تھی، کوئی خوشی نئیں تھی، کوئی سُکھ نئیں تھا۔ بس ہر وقت پاشا لوگان کے جھڑکیاں اور بات بے بات ڈانٹاں۔ ایک دن بھی تو ایسا نئیں ملا کی میں ذرا مسکرا ہی لیتی۔ ویسے مسکرانا چاہتی تو مسکراہٹاں بھی بہوت مِل جاتے، مگر میں ویسی لڑکی نئیں تھی کی پیسوں کے بدلے میں خوشیاں خریدتی ـــــ اتنے زمانے میرے پر سے گذرے، کتے پاشا لوگان ایسے تھے کی میرے کو طرح طرح سے دغا دینا چاہے پن میں تو ایسی تھی کہ کبھی کسی کے خواب گاہ میں پھٹکی تک تو نئیں ـــ ہزار موقعے ایسے آتے کی میں بال بال بچی۔ لوگان بولتے کی انے کیوں ایسی خود سر ہے ـــ یہ نئیں سوچتے کی جن کا کھاتی ہے، اُنون کے کام آنا چ پڑتا۔

پن میں تو یہی بولتیوں کی دنیا میں بدی نیکی سب عورت کے ہاتھ میں ہے ـــ اُنے کبھی عورت کی مرضی نئیں تو کسی کے باپ کی ہمت نئیں پڑ سکتی کی ہاتھ بھی لگا سکے ـــ مجبوری کو میں کب نئیں مانتی، مگر عورت تو وہی کی مجبوری ہوتے بھی اپنی عزت کی ناؤ کو صاف کھے لے جائے، نئیں تو ایسے سے موت کیا بُری ہے۔ یہ مردوں کو دلیر بنانے میں سارا ہاتھ ان عورتوں کا رہتا

اُڑتے اُڑتے یہ خبر پاشا لوگان کے کانان تک پہونچی کی عباس ہور سویرا کا میل جول بڑھ رہا ـــــ اب یہ اتی اہمیت کی بات تھی بھی نئیں مگر بات یہ تھی نا کی میں کسی کو منہ نئیں لگاتی تھی، سو اب کیسے ایک دو کوڑی کے مردوئے پر ریجھ گئی۔ میں؛ ان لوگان سے کیا بتاتی کی اُنے دو کوڑی کا

بھی تھا تو میرے واسطے دو لاکھ کا تھا۔ کیا محبت پیسے سے کرتے کیا؟ دل دیکھتے جی دل ـــــ پن ان لوگان کو دلان کی کیا خدر۔ یہ لوگان تو بس پیسے کے غلامان ہیں ـــــ چھی ـــــ مٹھی پڑو ایسے نیتان پو۔

میں عباس کی رانی تھی تو اپنی جگہ پو تھی ـــــ پن ان پاشا لوگان کی تو غلام بھی تھی۔ ایسے موخعے تو آتے ہیچ تھے کی میرے کو ان کے کاماں کرنے کو اُنوں کے کمروں میں جانا پڑتا ـــــ ایسے میں ان لوگان کا بس نئیں چلتا تھا، کی میرے کو اُٹھا کے کچّا کھا جاتے۔ میں کیسی مگن اور خوش تھی کی چلو اب میرا بھی نصیبہ خدا نے کھولا ـــــ ورنہ یہ ڈاکو آں تو میرے کو اڑالے جاتے۔

اب ہمارے سوب کا پاکستان جانا بالکل طے ہو گیا تھا۔ عباس نے بول دیا تھا کہ اپن پاکستان جاکو جھٹ پٹ شادی کرلیں گے۔ میں نے بولی، یہاں پر ہچ کیوں نہیں کر لیتے۔ جتنی جلدی ہیں تمہارے ساتے میں آ گئی اتنا اچھا ـــــ پن عباس بولا کی اُنے میرے کو ایسی دیسی دلہن نئیں بنانا چاہتا اُس کا پاکستان میں بہوت روپیہ جمع تھا۔ وہ وہاں چل کو زوردار شادی کریں گا ـــــ ایسا اُنے بولا ـــــ اُنے بڑے بڑے باتاں سوچا تھا کی اپن ایسا کریں گے، ویسا کریں گے۔ (ہم دونوں جلدی سے جلدی پاکستان پہونچ جانا چاہتے تھے) پھر گھر بھی الگ لے کو رہیں گے۔

پھر سوب لوگان پاکستان جانے کے تیاریاں کرنے لگے۔ اچھے بڑے سامان کی بیچ باچ ہونے لگی ـــــ رونے دھونے ہوتے، بے ہوشیاں پڑتے ہور روپیہ حاصل کرتے جاتے اور ساتھ ساتھ سامان کی باندھا بوندھی بھی چلتی ہچ رہتی۔

"یہ چیز لاؤ۔"

"وہ چیز لاؤ۔"

"وہ پاندان اُٹھا کو لا۔"

"لگے وہ گلدان سنبھال کو لا۔"

اُس دن یہ حکم احکام جاری تھے کی اُدھر سے کوئی آ کو بولے کی میرے کو اُدھر چھوٹے محل میں چھوٹے پاشا بلا رئیں ــــ اُنون کے ٹھاٹ باٹ نرالے تھے۔ انون کا سامان بھی سوب لوگان سے الگ تھا ــــ وہ اکیلے میں باندھا بوندھی کر رہیے تھے کی میں جا پہونچی۔

"تو بھی پاکستان چل رئی کیا ــــ؟" وہ اپنے کوٹ کی گھڑی کرتے مین بولئیں۔

"جی ہو ــــ" میں خوش ہوسے کو بولی ــــ "میں تو اپنا سوب سامان بھی بندھ لی۔"

"اچھا ــــ!" انون کچھ دیر رُک کو بولئیں ــــ" اور پھر وہاں تیری شادی ہو جائینگی نا؟"

میں شرما کو سر جھکالی تو کہے: "ہے بڑا یہ خوش نصیب عباسیا ــــ تازے پھول پو ہاتھ مارا سالا ــــ"

میرے کو بڑا غصہ آیا ــــ یہ سالا والا کاہے کو تو بھی بول لے رئیں انون دبی زبان کر کو بولی: "اُنے کیا بگاڑا آپ کا ــــ؟"

جھٹ ہنس کو بکے: "کچھ نہیں ــــ یونہی بات دلسی بات بولا ئیں" پھر رُک کو بولتے: "اچھا سویرا پاکستان چل کو ہم تیری شادی آتی دھوم

دھام سے کریں گے۔"

"آپ تو بہوت اچھے ہیں پاشا — کوئی تو میری شادی کا نام بھی نئیں سننے کو خالی اور آپ بول دئیں شادی دھوم سے کریں گے۔"

اُنون میرے قریب آکو رُکے — "کیوں نئیں۔ آخر تجھ پر ہمارا کچھ حق لگتا کہ نئیں۔"

مئیں جیسے احسان میں ڈوب کر بولی: "کیوں نئیں پاشا، آپ، سچ لوگاں تھے کہ میرے کو پلے، آپ سے بڑھ کو کس کا حق ہو سکتا۔"

"تو وہی تو میں بولتا ہوں کہ اپنا حق کیوں نہ لیوں؟"

اب جو میں نے ہولڈال کے بنداں کستے کستے سر اُٹھا کو اُنون کی صورت دیکھی تو سارا معاملہ جیسے میرے سمجھ میں آگیا۔ وہ نئیں چاہتے تھے کی یہ پھول اپنے اصل روپ میں عباس کے آنگن میں مہکے — کیوں نہ آگو ہی اس کو مسل دیوں — مئیں گھبرا کو بھاگنا چاہی تو دیکھی چھوٹے پاشا سامنے بیچ کھڑے ہنس لے رئے تھے —!

آخر وہ گھڑی تو میرے مقدر میں لکھی تھی بیچ کی جس سے بچنے کو میری امّی زہر کھالی تھی۔ پنجرے میں شیر بھی تھا اور اُسنے بے بس شکار بھی! اُنون میرے قریب آکو بولے۔

"یہ گالون کو چومنا تو میری برسوں کی خواہش ہے۔"

میرا خون سن سن کرنے کو دوڑنے لگا — ہوں، تو انے ابھی تک دلاسے میرے کو پُھسلا رئیے تھے — میرے دماغ میں اکدم سے میرے عباس کی پیاری صورت آئی اور اُس کی صورت کے ساتھ جیسے میرے دل میں نئی

خوت آگئی ــــــ ہور میں جو برسوں سے پاشا لوگان کا چھوٹے سے چھوٹا حکم بھی مانتی سُنتی چلی آتی تھی، اُس گھڑی تن کو بولی۔

"یہ تو عمر بھر بھی نئیں ہونے کا ـــ" ہور ایسا بولتے ہیچ میرے میں ساری دنیا کی طاخت آگئی ـــ "میری ماں جیسی زندگی گذاری ویسی تو میں ہرگز نئیں گذاروں گی۔ میرے کو سترہ مرد نئیں ہونا۔ میرے کو ایک ہی ہونا، پن محبّت کرنے والا ہونا۔ ایک چھوٹا سا گھر ہونا، جس کی میں مالکن رہنا ـــ کسی کا ڈر نئیں ہونا، ڈبکا نئیں ہونا ـــــ"

میرے پاشاں سن کو ایسا معلوم پڑا جیسے اُنوں کو غصہ آگیا۔ اُنوں آگو ہی آگو بڑھتے چلے آتے۔ میں پیچھو ہوتے ہوتے دیوار کو جالگی۔ اب اُنے میرے سامنے ایک اسکول پہ پاؤں دے کو ایسے کھڑے ہوگئیں جیسے سنیما میں کام کرنے والے لوگاں ہوتے ــــــ میرے منہ پونچھ کے ابھی اُنوں کچھ نئیں کیا کرتے تھے کی میں زناٹ سے ایک چانٹا اُنوں کے منہ پو جڑ دی اُنوں میرا دہی ہاتھ اپنے ہاتھ میں پکڑ لیئں ـــــ میں پنجہ منہ تک لے جا کو ایسی زور سے کاٹی کہ خون کا کھارا کھارا، کڑوا، کیسلا مزہ میرے منہ میں اُتر گیا ـــ "سی،، کرکے اُنوں اپنا ہاتھ کھینچ لئے ـــــ پن ابھی اُن کی ہوس تو باخی تھی! میں اِدھر اُدھر دیکھی کی اپنے بچاؤ کے واسطے کیا تو بھی کر دل پن کوئی بات عقل میں نئیں آ رہی تھی۔ دل تھا کہ اجاڑ دھڑ دھڑ کرتے جارہا تھا ـــ "مٹھی پڑ دیہ دل پو ـــ،، میں دل ہی دل میں بولی ـــــ عین موخے پہ دھڑک رہا تھا۔

اکدم تیزی سے ایک ترکیب میرے کو سوجھ گئی ـــ پن بات بڑھوڑ

گئی تو؟ کچھ زیادہ کم ہوگیا تو میرے کو جیل کی ہوا تو نئیں کھانے پڑیں گے۔
پن میں بھی سوچی کہ عزت جانے سے اچھا تو یہ ہے کہ جیل ہو جاتا — جیل سے تو پھر بھی کبھی چھوٹ کو آجائیں گے — عزت گئی تو کان سے لائیں گے — یہ سارے ہمتان میرے کو عباس کے خیال نے بندھایا۔

”میں تمہارے پاواں پڑتی حضور، میں تمہاری غلام پانشا—“ ایسا بول کو میں نیچے اُن کے قدموں میں جھکی اور ایک پاؤں جو زمین پر تھا، اُس کو پکڑ کو ایسی زور سے کھینچی کہ اُنون کا سارا تول پیچھے کو چلا گیا — دھڑ کر کو اُنوان تالو کے بل گرے میں اور دوسرے گھڑی میں تیزی سے باہر کو بھاگی۔ دروازے میں سے نکلتے میں میں پیچھے مڑ کو ایک بار بھی نئیں دیکھی — بس ایک خوشی تھی کہ میں اپنی عزت برباد ہونے سے بچالی — آخر کو میں اپنے عباس کی عزت بچائی نا —“

حویلی میں کیسی کی ہول رول مچ گئی۔

میں بغیچے میں آکو رُکی — دم پھول رہا تھا، سانسوں سانس ہوئی جا رہی تھی — میرے میں یہ ہمت کاں لے آئی۔ میں کتے بڑے بڑے ہمتاں کری۔ تھپڑیں ماری، اگینت میں نوچی، خون میں نکال دی، ہور ٹانگ کھینچ کو تالو کے بل میں اُلٹ دی — اُنون کو پورا کا پورا اپٹ دی۔

پن اب حویلی میں جو ہول مچ رئی، وہ بھی ایک الگ قصہ ہو رہا۔ بڑے بڑے بوٹاں کھٹ کھٹ کرتے۔ امین لوگاں (پولس) اِدھر اُدھر گھوم لے رئیں۔ کتے اُنون چھوٹے پاٹ ختم ہو گئے۔ اب میرے گلے میں شاید پھانسی کا پھندا پڑیں گا — پڑنے دیو — میں وہ پھانسی کا

پھندہ چڑھا دے کا کالی پوت کا لچھا سمجھ کو پہن لیوں گی ـــ کالی پوت کا لچھا سہاگ کی نشانی ہوتا۔ لڑکیوں کو اسی واسطے تو لچھا چڑھاتے نا کہ بولتے اپنے دولہے کے نام پو چڑھتا؟ تو میں بھی تو یہ کام عباس کے واسطے، اپنے سہاگ کے واسطے اچ کری نا ـــ؟ ہور کبھی میرا مولی میرے پو مہربان رہیا ہور میں جیل جانے سے بچ گئی تو میں تو ہول اِچ، پنے عباس کی ـــ میرے کو کاٹے کا ڈر۔

میرالرزتا وا دل آپو آپ ہلو ہلو دھڑکنے پو آ گیا ـــ میں سوچی میرے کو کاٹے کو اتا ڈرنا ہونا ـــ میں خونی کاٹے کو سمجھوں خود کو۔ میں اپنے کو گنہ گار بھی کاٹے کو سمجھوں۔ میں کیا اُنوں کو چپ کا چپ مار ڈالی کیا۔؟ میں اپنی عزت بچانے کو یہ سب کری نا ـــ؟ کاٹے کے واسطے کی میں دنیا کے سب شریف عورتاں جیسی عورت بننا چاہتی۔ جو ستر دھگڑے نئیں کرتی جو اپنی عزت نئیں لٹانا چاہتی، جو ایک بھوت ہی بھوت محبت کرنے والا شوہر ہونا بولتی۔ جو اپنے گھر کی مالکن رہنا چاہتی ـــ جو کچھ پیچ کرتے بھولے بھالے بچے چاہتی، جو سوب کے سوب ایک دوسرے سے شکل و صورت میں ملتے ولے رہنا، ہور آپس میں شکل صورت جیسی ملتی جلتی رہتی جب کی سب کا باپ ایچ ہوتا۔

نکو اللہ ـــ میرے کو رنگا رنگی صورتاں کے بچے نکو۔

میں آپ سے بولی ناکی میں تو وہ پھول تھی جو ایک ہی گلدان میں سجنے لائخ تھی۔

# نصیبے والی

نواب صاحب خط پڑھ کر بے حد خوش ہو رہے تھے۔

"...... سلطان میاں حویلی والا مقدمہ ہار گئے۔ بی پاشا اپنے میاں پر جو پاندان کے خرچے کا دعویٰ دائر کئے تھے، وہ انوں جیت لئے۔ اس واسطے آج کل انوں بے حد خوش ہیں۔ ہزار روپے مہینے کے حساب سے جوڑو تو سمجھو کی اب انوں اپنے میاں کی پوری جائیداد ہی ہتھیا لئے جیسا کہ ہیں ـــ ہور ہیں آپ کو لکھی تھی کی نہیں (اجاڑ دماغ پو مٹی پڑ کو جاؤ یاد ہچ نہیں رہتا کی پہلے خط میں کیا لکھی تھی کیا نہیں۔ اس واسطے کبھی ایک بات دو دفعہ لکھ دیا کروں تو آپ ہنسی نکو اڑایا کرو) کی مبارک بیگم کو آٹھ لڑکیوں کے بعد خداوند تعالیٰ لڑکا بھی عنایت فرمادیئے۔ عقیقے کی دعوت تو سب کو دی آئی تھی۔ میں ہاتھوں کو سونے کے کڑے دی۔ بس ـــ

پوچھو نکو کتی ہنسی ہوئی — سو بدلنے لگے کی اب تو بیٹا ہوا — اب تو تمے کم سے کم کڑے چوڑیاں مت دینا تھا — مگر میں بولی سونے کی ہتھکڑی خوش نصیباں ہی پہنتے — ایک مزے کی بات آپ کو بتانا بھول گئی — آٹھ بیٹیاں ہونے سے مبارک بیگم اب لڑکی کی خبر کے ایسے عادی ہو گئے تھے کہ بیٹیل پو پڑے پڑے انوں ڈاکٹرنی سے پوچھتے بھی نیئں تھے کہ میرے کو کیا ہوا — خود ہی بول لیتے تھے۔ "اونہہ لڑکی ہوئی ہوئیں گی — " اسی مارے ابھی بھی نیئں پوچھے، جب ڈاکٹرنی خود اٹھا کو بتائی کہ لڑکا ہوا ہے تو انوں دو گھنٹہ کی زچہ اٹھ کو کھڑے ہو گئیں — پھر ڈاکٹرنی خود پکڑ کو لٹا دی . . . . . "

ایسا مزے کا خط تھا اور یہ تیسری بار تھی کہ خدمت گار کھنکار کھنکار کر انہیں مخاطب کرنے کی جرأت کر چکا تھا۔ مگر وہ بری طرح خط میں الجھے ہوئے تھے — ". . . . آپ کو شائد یہ بات پتہ چلی کی نیئں کہ ممانی اماں کی چھوٹی بیٹی کی نسبت طے ہو گئی — اللہ لینے کو خود ابا نوازا کی کسی کا دیا لیا آنکھوں میں نہیں بھرتا — پر سمدھیانے والے پیروں میں سونے کے سوا سیر کے پازیباں لائے تو یہاں سب بٹا میٹ دیدے پھاڑنے لگے۔ میں تو ہلو اٹھ کو گری کے بہانے آنگن میں چلی گئی — اب یہ نکو پوچھو کی کیوں — ایک بات ہور لکھنے کی رہ گئی — میں ایسا سنی کہ بڑے چچا اپنی کنواری بیٹی کو ڈاکٹرنی بنانے کے واسطے حیدر آباد بھیج دیئے۔ کیسا خراب زمانہ آگیا مولیٰ — اب ذرا سوچو اُنے کنواری چھوکری کتے بڑے بڑے باتاں شادی سے پہلے اچ دیکھ لیں گی — تیرا اپنے کو کیا — ہور تو گاؤں میں سب خدا کا فضل ہے

کتے فصلاں اب کی خوب بہار پو ہیں ۔ خاص طور سے چاول، پھلی، دھان تو خوب پھلا ہے ۔ میں تو بھوت دناں ہوئے ڈیوڑھی سے باہر قدم بھی نئیں نکالی ۔ گٹھیا کے مارے جان عذاب میں ہے اجاڑ ۔ آپ کیسے ہیں لکھنا ۔ ہور یہ بھی لکھنا کی آپ کو میرا یہ "روزنامہ اخبار" پسند آیا کی نئیں ۔

آپ کی تابع دار

بیگم صاحبہ

یہ بڑے مزے کی بات تھی کہ تابع دار لکھنے کے باوجود بڑی نوابن ہمیشہ خود کو بیگم صاحبہ لکھتیں ۔ نواب اپنی ان بیگم کی تحریر کے دیوانے تھے ہنسی سے ان کے خط کو "اخبار" کہا کرتے کہ دنیا جہان، بھرے خاندان کی خبریں ان کے خط سے مل جایا کرتی تھیں ۔ وہ بیچاری کوئی ایسی بوڑھی نہیں ہوئی تھیں ۔ یہی پینتیس، چالیس کے پیٹے میں تھیں لیکن گٹھیا نے مار رکھا تھا ۔ انھوں نے اپنی بیماری کی وجہ سے گاؤں آباد کر لیا تھا اور نواب کو کھلی چھٹی دے گئی تھیں ۔ ساتویں تک تعلیم پائی تھی ۔ اس تعلیم کا بدلہ اب یوں چکا رہی تھیں کہ ہر خط پورے خاندان میں دوڑائے جاتے ۔ نواب صاحب تو کہتے کہ شراب کا نشہ ایک طرف اور بڑی بیگم کے خطوں کا سرور ایک طرف ۔ جب بھی گاؤں سے ان کا خط آتا وہ بار بار پڑھتے اور لطف اٹھاتے ۔ مگر آج .... کمبخت پھر کھنکارا ۔

انہوں نے سر گھما کر غصے سے دیکھا اور کہا "یہ کیا نامعقولیت ہے؟" مگر گردن گھماتے ہی جیسے ان کی آنکھیں پھٹی کی پھٹی رہ گئیں ۔ یہ لمبی قطار سوکھے مارے قحط زدہ کسانوں کی .... خیر قطار کو مارو گولی ۔ قطار کے کونے پر کوئی اٹھارہ

سال کی جوان اور بھرپور فصل لہلہا رہی تھی۔ سچ مچ کے گیہوں کا چمکتا رنگ نئی کوری صراحی کی طرح سنسناتا بدن کہ جس پر پانی کا پہلا چھینٹا گرے تو سَن سَن بولنے لگے۔ کمر ایسی کہ کروٹ سے لیٹے تو جسم میں ایسا گڑھا بیچ میں پڑ جائے جیسے اس میں چوڑی بھی ڈھیلی ڈھلی ہو جائے گی۔ اور کم بخت کے بال! ساری زندگی حیدرآباد میں گزری۔ عمر بھر دیکھتے رہے۔ یہ مامائیں، اصلیں۔ خواصیں، کنیزیں۔ چاول کے ساتھ املی کا کھٹا "کٹ" کھا کر عمر گزارنے والی مخلوق کٹ پکاتے سمے جو املی کے پھوک بچ رہے تھے اسی میں گیہوں کا تھوڑا آٹا ملا کر لئی جیسی "اٹکل" بنالی اور سر میں تھوپ کر نہا کر اٹھ کھڑی ہوئیں۔ یہی ان کا شیمپو ٹھیرا۔ اور اسی نامراد شیمپو سے کیا جھبا جھول بال بڑھتے تھے۔ مگر یہ بھی تو انھیں میں کی ایک لنظر آ رہی تھی اور اس کا شیمپو بھی یہی املی کے پھوک کا "اٹکل" رہا ہوگا۔ لیکن یہ بال تھے کہ چڑھتی ندی۔ ماتھے سے شروع ہوئی تو سیدھی ایڑیوں تک جا اُتری۔ تیل سے بیگانہ، الجھے ہوئے، خاک دھول میں اٹے، مگر اُف! اُف! سرد موسم کے باوجود انھیں اس قدر شدید گرمی لگنے لگی کہ وہ پنکھا پنکھا چلا اٹھے۔ خدمت گار نے ہڑبڑا کر فرشی جھالردار پنکھے کی زرکار ڈور تھام لی۔ دھیرے دھیرے ان کے حواس واپس آنے شروع ہوئے۔ حوصلہ پاکر خدمت گار نے عرض کی: "حضور کی خدمت میں مختار صاحب حاضر ہونے کو پوچھ رہیں۔"

مختارِ عام اپنی سنہری کلاہ سر پہ جماتے ہوئے برآمد ہوئے اور بے حد شائستگی سے، آواز کو اس قدر سریلا بنا کر کہ زخموں کی سی ڈھب آ گئی، سر جھکائے جھکائے بولے "ہر سال کی طرح اس سال بھی دیگن بھر کر قحط زدہ کاشتکار حضور کے در پہ مالی امداد کے بھروسے آئے ہیں۔"

نواب صاحب نے ذرا کی ذرا سر اٹھا کر نگاہ ملا کر دیکھا۔ مونہہ سے کچھ بولے نہیں، مطلب یہ تھا کہ بیان جاری رہے ۔ اور بیان جاری رہا۔

"ان میں سے چند ایک تو حضور کے دولت کدے پر سال بھر غلامی کے عوض صرف پیٹ بھر کھانے اور تن بھر کپڑے کے طلب گار ہیں اور چند..."

"ہور چند —" نواب صاحب نے اچانک بات کاٹ دی ۔

"اور چند زمینات چاہتے ہیں - بہت ہلکی شرائط پر"

تنی ہوئی گردن ایک "ہم" کے ساتھ نیچے جھک گئی ۔ تین بار حیلگی بجی اور مطلع صاف ہو گیا — اب وہاں صرف مختار عام رہ گئے تھے، جو شائستگی کی حدود کو اس قدر شرارت سے پہنچ چکے تھے کہ دوہرے ہو کر رہ گئے تھے۔

"زمینات مانگنے والوں کو زمینات دے دیجئے ۔"

"بہتر —"

"اور حضرت ایک بات بتائیے ۔"

"جی سرکار —"

"سال بھر غلامی کرنے والوں میں عورتاں زیادہ ہیں یا مرد — ؟"

"جی حضور، عورتیں تعداد میں بڑھ کر ہیں —" مختار عام نفیس لکھنوی لہجے میں فرما رہے تھے ۔ لیکن چند خواتین اپنے اپنے شوہروں کے ساتھ ہیں۔"

ایک لمحے کے توقف کے بعد نواب صاحب نے پوچھا ۔ "اور وہ جو کوری صراحی کی طرح سسنا رہی تھی، کیا وہ اپنے کمہار کے ساتھ آئی ہے ؟"

لیکن یہ جملہ مختار عام نے نہیں سُنا۔ کیونکہ یہ جملہ دراصل صرف حضور کے ذہن نے سوچا تھا۔ زبان سے ادا کرنے کا حوصلہ نہیں تھا۔ اس لئے اونچی آواز سے

انھوں نے پوچھا ۔" اور وہ گندی سی چھوکری جس کے ٹوریاں اس کے ایڑیوں کو چھُو رہے ہیں ، اُسے ؟"

مختار عام بجلجے لہجے میں گھگھیائے ۔" حضور خادم کو ابھی اتنی تفصیل نہیں معلوم ہے ۔ اجازت ہو تو یہاں بلوالوں ؟"

تھوڑی دیر میں بھاری پردہ اٹھا اور بجلی سی لہرا کر رہ گئی ۔ پھر ایک پیلے سوکھے مارے چوبیس پچیس سال کے مردنے ڈرتے ڈرتے اندر قدم رکھا اور دہرا ہو کر سلام کیا ۔ لڑکی کھُس کھُس کر کے ہنسنے لگی ۔ مردنے دھیرے سے اسے ڈانٹ کر پوچھا ۔" تو نے سلام کری گے ۔؟"

وہ بے باکی سے بولی " میں کائے کو کروں ؟ کیا میرے کو انام ملا کی جھک جھک کر سلام ٹھونکوں ؟ " پھر کھن کھناتی ہنسی کے ساتھ بولی "چپ کے چپ !"

مرد ڈر کے مارے ساری جان سے پیلا پڑ گیا ۔ مگر نواب کو یہ شوخی لے ڈوبی ۔ مسکرا کر بولے :" انعام بھی مل جائے گا ۔" اور جیسے آنکھوں ہی آنکھوں میں انھوں نے اسے کھا ڈالا ۔

تفصیل سُن کر نواب صاحب کو پتہ چلا کہ دھان کی فصل کی کٹائی کے لیے روز مزدوری کرنے والوں کی کھیپ کی کھیپ" جو ہر سال بیکار ہو کر اضلاع سے حیدر آباد دکن کا رخ کرلی تھے ، ان ہی میں یہ جوڑا بھی آیا ہے ۔ ان کا شمار ان لوگوں میں ہے جو نصیبوں سے نصل اچھی ہو یا بُری ، سدا قحط زدوں میں شمار ہوتے ہیں ۔ ساون ہرے نہ بھادوں سوکھے ۔

مرد اب اس بات کا طلب گار تھا کہ چھوٹی موٹی زمین کا ایک ٹکڑا

اسے گاؤں میں نواب بدیار جنگ کی جاگیر سے عطا کر دیا جائے۔ اور چونکہ زیور گہنا رہن رکھنے کے لئے کچھ پاس ہے نہیں۔ اس لئے زمین کے عوض سال بھر کے لئے اس کی جورو کو غلامی میں لے لیا جائے۔ یعنی محل میں اس سے جھاڑو لگوائی جائے، یا پودوں میں پانی ڈلوایا جائے۔ یا چاول گُٹوائے جائیں یا مرچ مسالہ پسوایا جائے۔ سال بھر کی آمدنی سے پھر وہ نئے سرے سے اپنی زندگی شروع کرے گا۔

نواب صاحب نے ذرا چلبلے پن سے پوچھا "میاں خالی زمین کا ٹکڑا لے کو تم چاٹیں گے کیا۔؟"

"جی نئیں حضور۔" وہ ہاتھ ملتا ہوا بولا۔ "میں ترکاریاں بوئیوں گا حضور کو شائد نہیں معلوم کہ بھنڈی کی فصل بہت جلدی جلدی اُترتی۔"

"ایک شکل یہ بھی ہوسکتی ناکہ دونوں مرد جورو ادھرچ کوئی کام کرلیو۔"

وہ معذرت کے لہجے میں بولا۔ "نئیں حضور مرد آدمی ہوں۔ کبھی ایسا گھردار کا کام میں نئیں کرا، کی روٹیاں تھوپ لیتا بیٹھا۔ یا مرچی کوٹ لیتا بیٹھا۔ میرے کو تو سرکار باہر کے کام اِچ اچھے لگتے۔ ہور سرکار اصل بات یہ کی عمر بھر سے کھیتوں میں کام کرنے کی عادت پڑی وی ہے۔"

بیچ میں وہ پٹاخہ بول پڑی۔ "مرد ذات گھر کے اندر کاماں کریں گا تو کیسا لگیں گا؟" اور ساتھ ہی کھس کھس کر کے زور زور سے ہنسنے بھی لگی "سرکار مردوے تو دھڑم دھس کاماں کرتے اِچ بھلے لگتے۔" اور اس نے بڑے غرور اور پیار سے اپنے مرد کی طرف دیکھا۔ اچانک اس کے لہجے میں غم سمٹ آیا۔ "ابھی تھوڑے دناں پہلے دیکھتے سرکار اس کو۔ ایسا موٹا کٹا

تھا کہ پوچھو نکو۔ شیر چیتا ڈر کو پیچھے ہٹ جانا، پن اپنے نیئں ہٹنا۔ اب قسم کھانے کو نیئں تو کیسا سوکا پڑ گیا؟"

مرد کے کاٹو تو بدن میں شاید ہی دو چار قطرے خون نکل پاتے، جو محفلوں اونچی جگہوں پر جانے آنے کا ذرا عادی ہو وہ تہذیب آداب سے بھی کچھ واقف ہو۔ وہ تو کئی بار بڑی بڑی ڈیوڑھیوں حویلیوں میں ہو آیا تھا، اسی لئے اسے پتہ تھا کہ صدر دروازے سے داخل ہوئے بعد آنکھوں کا کام صرف زمین دیکھتے رہنا ہے ۔ اس کمبخت نے کبھی ایسی جگہ قدم رکھا ہی نہیں تو جانتی بھی کیسے کہ بڑے لوگوں سے بات کرنے کے بھی چند آداب ہوتے ہیں، یہ نہیں کہ اپنے ساتھ کام کرنے والیوں کی طرح نواب حضور کو سمجھ لیا اور لگی ٹیاؤں ٹیاؤں کرنے۔ مگر اس وقت تو اس کی اتنی ہمت بھی نہیں ہو پا رہی تھی کہ اسے ٹوک ہی دیتا۔ لیکن اس کے خدشوں کے برخلاف نواب صاحب اس ٹیاخہ کی باتوں سے بے حد محظوظ ہو رہے تھے۔

" سرکار آپ ہمنا اتّا بڑا زمین کا ٹکڑا دیو کی ہمارے سارے دلدراں دُور ہو جانا۔ اُجاڑ دو بر سال شادی کو ہوئے ایک سُکھ کبی نیئں دیکھی ۔" پھر ایک ہاتھ سے اپنے گھونگھر گھنگور بال جھلا کر جھلاہٹ سے بولی ۔" مہینہ بھر بھر تو سر کو تیل نصیب نیئں ہوتا ۔"

اب کی مرد بھی تاؤ کھا گیا ۔" پاؤ بھر تیل تو ایک دفعے میں اس کے سر کو ہونا سرکار۔ اتّی دفعے بولا کی اتنے لمبے بالاں رکھ کو کیا کرتی۔ کاٹ ڈال سُنتی بھی تو نیئں۔"

وہ ناک چڑھا کر بولی ۔" عورت کو بالے جتا حوصلہ نیئں تھا تو

شادی کلٹے کو کیا رے کنجڑے ؟" اور ایک دم ہنس پڑی۔ مرد بھی ہنسنے لگا۔ نواب صاحب کے لئے یہ سب کچھ بڑا انوکھا، بڑا عجیب، بڑا حسین سا تجربہ تھا۔ ان کی ساری زندگی بُری طرح مصروفیات کا شکار رہی تھی۔ زمین کورٹ کچہری، مقدمے اپنے پرایوں کے جھگڑے ــــ دوسری طرف دعوتیں پارٹیاں، خاطر مدارات، رَت جگے، رات گئے تک مجرے، طوائفیں، ناچ گانے ــ بڑی بیگم گاؤں لبسائے بیٹھی تھیں۔ اس کے بعد دو تین شادیاں منہ کا مزہ بدلنے کو کیں ــ جو اچھی شکل نظر میں بھری اسے داشتہ رکھ لیا۔ سارا "حرم" پٹا پڑا تھا۔ یہ پیار محبت، یہ نوک جھونک، جو ازل سے ابد تک کے لئے خدا نے مرد عورت کو خوش ہو کر ودیعت کی ہوگی، اس کا ان کی زندگی میں دور دور پتہ نشان نہ تھا۔ ایک عجیب و غریب خواہش نے ان کے سینے میں سر اُبھارا۔ ــ "اس تن تنہائی" جوانی کی نوک جھونک کا شکار اگر میں ہو جاؤں ــ تو؟"

"تم اپنا نام نہیں بتائے ابتک ــ" انھوں نے لڑکی سے اچانک سوال کر ڈالا۔

"پھچھّو" وہ بڑے فخر سے بولی

"پھچھو"؟ نواب صاحب حیرت سے بولے ــ"یہ کوئی نام ہوا بھئی؟"

مرد حوصلہ پا کر بولا ــ"سرکار اس کا نام توشہ زادی ہے۔ سب لوگاں پیار سے بگاڑ کو پھچھو کر دیئے۔"

"سوب نئیں ایکلا (اکیلا) تو اچ بگاڑا۔" وہ پھر لڑائی مول لینے پر تُل گئی۔

مرد کے چہرے پر وہ پیار بھری خجالت چھا گئی۔ جو صرف ایک مرد کو

ہی جچتی ہے ـــ جیسے زیر ہو کر بولا ـ" سرکار آپ اس کی باتاں پو کان نکو دیو ـ"

(کان میں دینا بھی نہیں چاہتا، کیونکہ میں دل دے چکا ہوں ـ) نواب صاحب نے ہڑبڑا کر مختار عام سے کہا ـ" دل شاد پور کی نہری، پانی والی زمین کا وہ بڑا کھیت ـــ کیا نام ہے میاں تمہارا ؟"

" جی سرکار ـــ عزیز ـ"

" ہاں، انوں عزیز میاں کو دلوادیو، بیج وغیرہ کے واسطے اوپر سے سو روپے بھی دلوا دیو ـ"

عزیز بے ہوش ہوتے ہوتے بچا، لیکن اگر اسے پتہ ہوتا کہ نواب بدیار جنگ کس خاندان سے تعلق رکھتے ہیں، اگر وہ جانتا کہ ان کے پرکھوں نے کبھی کسی سائل کو سفید دھات یعنی چاندی تک خیرات میں نہ دی، جب دیا سونے کا سکہ ہی دیا۔ تو شاید اسے اتنی حیرت نہ ہوتی ۔ ہر سال کی طرح امسال بھی جتنے گاؤں اور اضلاع سے دیہاتی آئے تھے ڈیوڑھی میں کھپ گئے ـ ان میں مرد بھی تھے، عورتیں بھی ۔ بچے بھی، مردوں میں سے کوئی خان ساماں کی مدد کو لگ گیا ۔ کسی نے جھاڑ فانوس کی صفائی اپنا لی، جتنی بڑی ڈیوڑھی اتنے ہی پھیلے ہوئے کام ـ عورتوں میں سے کچھ باشا لوگوں اور صاحب زادیوں کے ذاتی کاموں پر لگائی گئیں ـ چند باورچی خانوں میں، مسلے مرچ، سبزی، ترکاری بنانے پر جٹ گئیں ـ کوئی نواب صاحب کا حقہ بھرنے پر، کوئی ان کے پیر دبانے پر، کوئی انھیں جگانے پہ کوئی سلانے پر مامور ہوئی۔ جاموں کی طرح سب کی سب گردش میں آگئیں ـ

لیکن شہزادی نہ تو ساقی بنی نہ جام ۔ نواب صاحب نے زنان خانے میں حکم بھجوا دیا تھا کہ شہزادی عرف چھجو نام کی ایک لڑکی کو کسی سے متعلق نہ کیا جائے ۔ وہ کھاتی پیتی، مزے میں دندناتی ساری ڈیوڑھی میں ہرنی بنی پھرتی ۔

سر سر کرتے اتنے سارے دن نکل گئے ۔ نواب صاحب کن حالوں کو پہنچ گئے، کسی کو اس کی خبر نہ تھی ۔ بڑی نوابن کے لمبے لمبے اخبار نما خط آتے پڑے سڑتے رہتے، وہ انھیں چھو کر بھی نہ دیکھتے ۔ مجرے، رت جگے ناچ گانوں کی محفلیں جیسے سب ساتھ چھوڑ گئیں ۔ بس جان بوجھ کر خود کو کاموں میں غرق کئے رہتے ۔ زنانے میں بھی کم ہی جاتے ۔ اتنے دن بعد ایک بار کسی کام سے گئے ۔ بیچ کا دروازہ اندر سے بند تھا، اس لئے نوکر خانے سے ہوتے ہوئے گئے ۔ سامنے "پرچھتی" میں شہزادی کھڑی نہا کر بال سکھا رہی تھی ۔ انھیں ایسا لگا کہ ان کی آنکھوں کی بینائی زائل ہو جائے گی ۔ جسم سچ مچ کا پنج بن کر، جھل جھلا رہا تھا کم بخت کا ۔ بالوں میں وہ سیاہی پیدا ہو گئی تھی کہ ان کے اپنے نصیب کی سیاہی بھی ماند تھی ۔ پیٹ بھر کھانا ۔ کام نہ فکر، کھلی ہوا ۔ وہ روپ نکھرا تھا کہ تنا ہوا گوشت آپی آپ تڑ تڑ بول رہا تھا ۔ وہ جیسے بغیر کسی بندش کے خود کو آزمائے جا رہے تھے ۔ ابھی نہیں ۔۔ ابھی نہیں ۔۔"

چھٹے مہینے عزیز آیا ۔۔ کوئی دیکھتا تو نہ پہچان پاتا کہ یہ وہی چھ ماہ پہلے کا سوکھا مارا سڑیل چوزہ ہے ۔ جواب یوں اصیل مرغ کی طرح سینے

کوتانے اکڑا اکڑا پھرتا ہے۔ وہ اور چھجو دونوں آزاد پرندوں کی طرح چونچ میں چونچ ڈالے اس حوض کی منڈیر پر بیٹھے چہلیں کر رہے تھے، جو نواب صاحب کی خوابگاہ کے نیچے والے باغ میں تھا۔

"تو کیتا خوبصورت ہو گیا رے ـــ" چھجو بے حد بے تکلفی سے بولی "ہور تو تو سونے چاندی کے جیسی جھبل جھبلا رئی ـ ہاتھ لگانے کو ڈر لگ را کی میلی ہو جائیں گی۔"

وہ انگوٹھا دکھا کر ہنسی ـ "ہور جیسا میں تیرے کو ہاتھ لگانے ای تو دیوں گی نا۔" وہ اٹھ کر بھاگنے لگی۔

عزیز نے اسے لپک کر گود میں بھر لیا ـ" اری تیرا مرد ہوں کتی..."

اور یہ سب نواب صاحب نے کھڑکی میں سے دیکھا۔ مرد ـ مرد ـ مرد ـــ

جس پھل کے پکنے کا وہ خود انتظار کر رہے تھے، ایسا پک جائے اتنا پک جائے کہ ٹپ سے جھولی میں گر پڑے، وہ کسی اور کی جھولی میں بھی تو گر سکتا ہے! پھر کیا کریں؟

"مروا دیں؟" مزہ نہیں

"زہر کھلوا دیں؟" یہ کوئی کارنامہ نہ ہوا۔

"کہیں پھنکوا دیں؟" کوئی نئی بات نہیں

پھر ـــ؟ مرد ـ مرد ـــ اس مرد کو آخر کیا کریں۔

ایک خوفناک منصوبہ ان کے ذہن میں ابھرا ـــ تالی بجا کر خدمتگار کو بلایا ـ خدمت گار مختار عام کو بلا لایا ـ مختار عام کو حکم ہوا "جراح کو بلوا بیئے ـــ"

جرّاح آگیا تو پوچھا "کبھی کسی بکرے کو آپ کسی بکری کے ناقابل کئے ہیں ؟"

جرّاح تیور دیکھ کر سب کچھ سمجھ گیا۔ ہاتھ جوڑ کر بولا۔ "حضور ساری عمر اسی میں گزاری ہے۔"

مگر اتنا یاد رکھو کی جان نہ جانے پائے۔"

بہت بہتر حضور۔"

مختار عام کو کھڑکی کے پاس بلوا کر عزیز کا چہرہ دکھایا اور تاکید کی "سب کام اس پہرے میں ہو، رازداری کرنا۔" جرّاح اُلٹے پیر سر جھکائے جھکائے واپس ہو گیا۔

---

تین ہفتے بعد نواب صاحب بہ نفس نفیس نوکر خانے میں تشریف لے گئے، عزیز کے "غسل صحت" کا حکم صادر فرمایا، بڑی معلانی کو بلوا کر ہدایت کی کہ ایک کمرہ چنبیلی، موگرہ، موتیا، گلاب اور خوشبوؤں سے بسا دیا جائے کچے اگر، اور لوبان کے پیالے بھر بھر جلائے جائیں۔ شہزادی کے لئے سرخ رنگ کا کام دار جوڑا تیار کرایا جائے۔ اور اسے دلہنوں کا سا روپ سنگھار دینے کے بعد عزیز کو ایک دولہا کی طرح اس کے کمرے میں پہنچا دیا جائے۔

ہر کام حسب حکم عالی انجام دیا گیا۔ لیکن دوسری صبح کمرے کا دروازہ جب باہر والوں نے پیٹ پیٹ کر توڑ کر کھولا تو عزیز سُرخ کام دار دوپٹے کو گلے میں باندھے چھت سے لٹکا ہوا تھا۔ اور دلہن بنی شہزادی بیہوش پڑی ہوئی تھی۔

ابھی نہیں — ابھی نہیں — دراصل وقت ابھی تک بھی نہیں آیا تھا۔ ہر کام مذہب اور شریعت کی رو سے ہونا چاہیئے۔ اس لئے عدّت کی مدّت ختم ہونے کا مزید انتظار کیا جائے۔ ایک نہ دو پورے تین ماہ دس دن — یعنی لگ بھگ کوئی چار مہینے — آخر خدا کو بھی تو منہ دکھانا ہے۔

چوتھے مہینے کے خاتمے پر۔

ساری ڈیوڑھی میں نئے سرے سے قلعی کرائی گئی — ملازموں کو نئی پوشاکیں بنیں۔ خواصوں، ماماؤں کنیزوں کو ایک ایک نئے جوڑے کے ساتھ ایک ایک تولہ سونے کا زیور انعام میں دیا گیا۔ پوری ڈیوڑھی میں چراغاں کیا گیا۔ قالین، پردے فرنیچر بدلے گئے۔ نواب صاحب کا کمرہ جگ مگ کرنے لگا۔ دروازوں پر سانچے موتیوں کی لڑیوں کے پردے لٹکائے گئے۔ چھتوں پر جگر مگر کم خواب کی چھت گیریاں ٹانکی گئیں — ایسے قالین فرش پر بچھائے گئے کہ پاؤں گھٹنوں تک دھنس جائیں۔ مالیوں اور پھلاریوں کو حکم ہوا کہ ایسے سہرے اور بدھیاں گوندھیں کہ سارا حیدرآباد خوشبو سے مہک اٹھے۔ باورچیوں کو دعوت عام کے لئے مونہہ مانگی جنس دی گئی۔ ہزاروں سیر اصلی گھی، بریانی، متنجن، پلاؤ، میٹھوں میں انڈیلا جانے لگا۔ ڈیوڑھی کے کنوؤں میں کئی سو تھیلے شکر ڈالی گئی کہ پانی شربت کی طرح میٹھا ہو جائے اور لوگ پانی کی بجائے شربت پی پی کر دعائیں دیں — اور یہ سب اس لئے ہو رہا تھا کہ نواب صاحب ایک باندی کو اپنانے جا رہے تھے۔ یہ ساری تیاریاں، اور ہنگامے اور چونچلے اس لئے تھے کہ نواب:

صاحب کو آج تک زندگی میں کوئی شکل اس شدت سے نہیں بھائی تھی

ادھر ڈیوڑھی کے زنان خانے میں کئی کئی مغلانیاں بیک وقت ایک شہزادی پہ جٹی ہوئی تھیں۔ خالص شمامۃ العنبر، حنا اور گلاب کے عطر سے اس کے بدن کی مالش ہو رہی تھی۔ لمبے لمبے بالوں کو مٹی کی سوراخ والی ہنڈیا میں لوبان اور عود سے چٹختے انگاروں کے دھوئیں میں بسایا جارہا تھا۔ شہزادی کے لئے جو جوڑا سلا تھا اس میں سچے یاقوت ٹانکے گئے تھے اور مانگ میں بھرنے کے لئے جو افشاں بنائی گئی وہ تولہ بھر سچے ہیروں کو پیس کر تیار کی گئی تھی۔

رات چڑھی تو پیاس بھی بڑھی۔

پھر کوئی رات کے دس۔ گیارہ بجے، نواب صاحب بغیر نکاح بغیر گواہوں، بغیر وکیل، بغیر مہر، بغیر کسی پابندی کے دلہن کی خوابگاہ میں داخل ہوگئے کہ اس خداوند تعالیٰ نے، جس نے یہ دنیا، یہ مرد وزن بنائے ہیں، اسی نے صاحب حیثیت مردوں پہ باندیاں لونڈیاں بھی حلال کردی ہیں۔

اندر صحن میں اصلی گھی سے ترتراتی بریانی کھاتے ہوئے مالن، تمبولن سے بولی:

" اُجاڑ ماری کیا نصیبے والی ہے سچ مچ شہزادی بن گئی۔"

# اللہ کے نام پہ

گوری پاشانے مریم کو دودھ جیسا سفید لباس پہنا کر عطریات اور خوشبوؤں میں ڈبو دیا۔ اُبٹن اور چیکہ مل مل کر نہلانے سے آگے ہی اس کا رنگ سونے کی طرح دمک اُٹھا تھا۔ پیٹھ پر سنہرا آبشار اُمڈا پڑ رہا تھا۔ سبز آنکھوں میں سرمے کی باریک سی لکھاوٹ نے الٹا ایک طوفان کھڑا کر دیا تھا سبز ریشمی چوڑیاں گوری بان کلائیوں میں کھبی جارہی تھیں۔ رہی سہی کسر سانچے سفید موتیوں کے زیور نے پوری کر دی، کمرہ عود، لوبان اور کچے اگر کی فرزانوں کو دیوانوں میں بدل دینے والی خوشبو سے سلگ اٹھا تھا۔ سمندر جھاگوں کی سی سفید چادر پر قبلہ رو بٹھا کر گوری پاشا نے مریم کا ہاتھ اپنے ہاتھ میں تھام لیا۔ اور لرزتی کانپتی آواز میں آسمان کی طرف دیکھ کر بولیں۔

" میرے اللہ تیرے نام پو آج اس کنواری کو سدا کنواری کا روپ دے کر چھوڑ رئی ہوں۔ مالک! میرے اس تحفہ چڑھاوے

کو قبول فرما اور میرے حسن بانو کے سہرے کے پھولاں کھلا
دے ۔ اس کو زندگی نصیب کر۔"

مارے رقت کے ان کی آواز نے دم توڑ دیا ۔ پاس کھڑی شمشاد بوا کی حالت تو اور غیر تھی ۔ انھوں نے کھڑے کھڑے دوپٹے کا میلا بوسیدہ آنچل منہ میں دبا لیا مگر پھر بھی سسکی نکل ہی گئی ۔

گوری پاشا اپنی رقت بھول کر جل کر مڑیں اور تڑاخ سے بولیں
"ای ئی اب تمے کائے کو بولم لے رئیں ۔ کھن کھن تمارے ہاتھاں کو پانچ سو روپے گن کو نہیں رکھ دی کیا میں ؟"

ماتا کی ماری شمشاد بوا منہ سے کچھ نہ کہہ پائی ۔ کہتی بھی کیا ؟ یہ حقیقت تھی کہ دو دن پہلے ہی گوری پاشا نے ایک نہ دو پورے پانچ سو روپے شمشاد بوا کی جھولی میں گن کر ڈال دئے تھے ۔ میاں دو روپے ماہوار پر ڈیوڑھی کی دربانی کرتے تھے ۔ وہ خود چار روپے مہینے سے ماماگیری کے فرائض انجام دیتی تھیں ۔ خدا کا شکر تھا کہ پیٹ بھر روٹی اور سال میں دو جوڑے جب زکوٰۃ بٹتی تھی مل جاتے تھے ۔ صبر والی بی بی تھیں ۔ اس سے زیادہ کی انھیں حاجت تھی بھی نہیں ۔ بٹیا مریم ابھی آٹھ نو برس کی ہی تھی اس کی فکر بھی کیا تھی ۔ جس طبقے سے شمشاد بوا تعلق رکھتی تھیں وہاں لڑکیوں کی شادی کے لئے نہ کسی جوڑ جماؤ کی ضرورت ہوتی ہے نہ اندیشوں کی ۔ جوانی جب چپکے سے دستک دیتی ہے تو پاس پڑوس میں اچھا لڑکا دیکھ کر دو جوڑے دے کر بیٹی بدا کر دی جاتی ہے ۔ ایک جوڑا لال نکاح کا ایک جوڑا ہرا ۔ دوسرے دن چوتھی کا ، قصہ ختم ۔ اسی لئے مریم کی انھیں

کوئی فکر نہ تھی اور وہ اسے محلے کے مولوی صاحب سے قرآن شریف اور اُردو پڑھنے پابندی سے بھیج رہی تھیں کہ لڑکی اللہ رسول کے نام سے تو واقف ہو جائے ۔ لیکن قسمت ۔ اوندھی قسمت نے کس کا ساتھ دیا ہے؟ میاں دربانی کرتے کرتے ایک دن درد کی شدت سے نڈھال ہو کر ڈیوڑھی کے قوی ہیکل دروازے پر گر کر تڑپنے لگے ۔ بڑی دوڑ دوڑا مچی ۔ حکیم صاحب بلوائے گئے ۔ پتہ چلا پیٹ میں جس جگہ شدید درد اُٹھ رہا ہے وہاں بڑی سی رسولی پیدا ہو گئی ہے ۔ علی میاں عمر کے اس دور میں تھے کہ مر بھی جاتے تو کس کا نصیب لے کر جانے والے تھے ؟ مگر جیتے جی کو یوں ہی چھوڑا بھی نہیں جا سکتا ۔ دو روپے مہینے کی آمدنی بھی گئی ۔ دو وقت کا کھانا بھی گیا اور اوپر سے علاج معالجہ الگ ۔ نہ اچھے ہی ہوتے تھے نہ مر ہی چکتے تھے ۔ پھر شمشاد بوا کو آئے دن ان کے درد کے دوروں کی وجہ سے بھاگ بھاگ کر کام کاج چھوڑ چھوڑ کر جو جانا پڑتا تھا اور کام میں ہرج جو ہوتا تھا اس کا پیسہ گوری پاشا الگ کاٹ لیتیں ۔ بڑے نواب صاحب نے کبھی کسی سوالی کو واپس نہیں پھیرا ۔ ہمیشہ ساتھ دستر خوان پر بٹھال کر کھانا کھلاتے اور بات بستر تک پہنچ کر ختم ہو جاتی ۔ ممکن تھا کہ شمشاد بوا کبھی بڑے نواب صاحب تک اپنا سوال لے کر پہنچ بھی جاتیں لیکن وہ اپنی عزت کو ڈرتی تھیں ۔ چند ٹکے ہی تو سب کچھ نہیں ہوتے ۔ روپیہ تو پٹھان سے بھی تھوڑے بہت سود کے ساتھ مل ہی جاتا ہے ۔ یہ اور بات ہے کہ سود بڑھتے بڑھتے اصل سے بھی گزر جائے ۔ اور یوں کہ پھر حریص نگاہیں کچی کلیوں تک پہنچ کرنے کی سوچنے لگیں ۔

پٹھان سے لی ہوئی چھوٹی چھوٹی رقمیں چار سو کی خطیر رقم بن کر ناگ کی طرح دن رات شمشاد بوا کو ڈسا کرتیں۔ میاں جیسے مرے برابر تھے۔ بس دنیا سے ان کا اتنا ہی ناطہ باقی رہ گیا تھا کہ مدہوشی کے عالم میں بھی منہ کھول دیا کریں۔ اور کوئی چمچوں سے ان کے منہ میں اَن پانی ٹپکا دیا کرے زندگی کا سارا وبال تو شمشاد بوا کو سمیٹنا تھا۔ ابھی ہفتہ بھر پہلے ہی پٹھان نے کہلوا بھیجا تھا کہ تمہارے ہاں تو ایسی کوئی قیمتی چیز بھی نہیں جس کی قرق یا نیلامی ہو سکے، لے دے کے ایک چھوکری ہے؛ تو تم چاہو تو اسے ہمارے نکاح میں دے دو۔ بڑی ہونے تک ہم کھلا پلا لینگے۔ بعد میں دواع دے دینا شمشاد بوا کا تو دل ہی دہل گیا۔

"ایسی ننھی سی، سچ مچ کلی کی سی بچی: نازک چڑیا کا سا تن۔ اس پٹھان کو لاج نہ آئی ذرا۔ ان کی راتوں کی نیند اُڑ کر رہ گئی۔

لیکن ابھی دو دن پہلے کی بات تھی مریم مدرسے سے سبق لے کر لوٹی تھی اب وہ اچھی طرح اردو پڑھ لکھ لیتی تھی۔ نماز بھی پوری یاد ہو چکی تھی اور نو سال کی ننھی سی عمر میں قرآن شریف کے کئی دور بھی ہو چکے تھے وہ ابھی اپنی ماں کو اول کلمہ طیبّب سنا ہی رہی تھی کہ خلافِ معمول گوری پاشا صحن میں آنکلیں اور بڑی محبت سے بولیں۔" ایو تیرا خران شریف بھی ہو گیا، نماز و ماز سب یاد کر لی، پھر ابھی تک کا اوّل کلمہ اچ پڑھتی رہتی؟"

مریم کچھ شرما کر بولی! نئیں پاشا، مولوی صاحب بولتے نماز اور خران شریف کا ایسا ہے کہ روز کا روز آموختہ کرتے رہے تو یاد رہتا نئیں تو انسان

بھول جاتا۔ اسی واسطے میں روز اماں کو پڑھ کو سنا تیوں۔"

"اچھا اچھا" کہہ کر گوری پاشا ذرا ہنسیں اور کہنے لگیں "اُسن گے مریم ذرا چوک کے حلوائی کنے سے سیر بھر جلیبی تو لے کو آجا۔ تیرا خران شریف ختم ہوا پر میں کچھ بھی نہیں کرئی۔"

مریم کچھ شرمائی مگر انھوں نے پیسے اس کے ہاتھوں میں تھما ہی دیئے شمشادبوا اس بلاوجہ کی مہربانی سے بری طرح خائف ہوئی جارہی تھیں کیونکہ وہ اپنی ساری زندگی اسی ڈیوڑھی میں گذار چکی تھیں اور خوب جانتی تھیں کہ جہاں گڑھا ہو پانی وہیں ٹھیرتا ہے، گوری پاشا کی محبت مطلب سے خالی نہیں ہوسکتی۔

جیسے ہی مریم ٹلی گوری پاشا شمشادبوا کے پاس کھسک آئیں اور گڑگڑاتے ہوئے لہجے میں بولیں۔" شمشاد تو اس گھر کا نمک کھائی دی ہے۔ میں کبھی کچھ مانگی تو انکار تو نیئں کریں گی تو؟"

شمشادبوا گھبرا کر بولیں! پاشا میرے پاس ہیچ کیا بول کے؟ پر آپ جو مانگو حاضر کروں گی..."

گوری پاشا رونے پر آگئیں! تیرے کو معلوم نا شمشاد میری حسن بانو پورے ستادیس سال کی ہوگئی۔ کاں کاں منتاں مراداں نیئں مانی، کیا کیا تڑجوڑ نیئں کری۔ پچاس ہزار کی جائیداد جہیز کے نام پو لکھ کے چھوڑیوں۔ سرد نگر والی نوی ڈیوڑھی جہیز میں ڈال کو رکھی یوں کتے، زیوراں، بھاری بھاری کپڑے لتے سب کچھ کر کو بیٹھ گئی۔ مگر اللہ صورت دیا سو الیسی کہ کوئی آج تک ایک بار دیکھ کو جا کو پلٹا اچ نیئں۔ اب میرے کو پیر و مرشد مشورہ

دیئیں کی تے اللہ کے نام پہ ایک کنواری لڑکی عمر بھر کے واسطے چھوڑ دیو۔ عمر بھر اس کی شادی ہونا نہ اُنے کسی مرد کا منہ دیکھنا۔ ایسی منت کرے تو جلدی سے بیٹی کو بر مل جاتا۔ اب میں اپنا دامن تیرے سامنے پسار تیوں تیری چھوکری اللہ رسول سے واقف، نماز، روزہ اس کو آتا، انے ایک کمرے میں پڑی رہے گی اور تمام زندگی خدا کی عبادت کریں گی،' پھر وہ ذرا رک کر بولیں:" میں تیرے کو پورے پانچ سو روپے دیوں گی۔ ایسا مت سوچ کہ تیری بیٹی کو لے لیوں گی۔ پھر اللہ کے نام لیو کیا ایسی ننگی بھو کی ندر تھوڑی چڑھا دں گی، موتی مونگا، کپڑا لتا بھاری سے بھاری پہنا کو چھوڑ دں گی،۔"

شمشاد بوا کا سر گھوم رہا تھا۔ ایسی عجیب و غریب مانگ! یہ حقیقت تھی کہ انکار فضول تھا۔ وہ انکار کرتیں تو آج کھڑے کھڑے نوکری سے نکلوا دی!! تیں پھر بیمار میاں اور جوانی سے قریب آتی ہوئی لڑکی کو لے کر کہاں جاتیں۔ ؟ اور پھر جو پٹھان دانت نکالے بیٹھا ہوا تھا۔ گھبرا کر انھوں نے ایک دم حامی بھر دی۔

"مگر دیکھو شمشاد بوا مریم کو عمر بھر کنواری رکھنا پڑیں گا۔ کتا بھی اچھا پیام آئے تمہاری نیت نئیں بدلنا پھر۔"

شمشاد بوا کو ذرا ہنسی بھی آئی، ہم جیسیوں کی بیٹیوں کو کدھر کے اچھے پیامات آنے کو پڑے؟ انھوں نے رضامندی میں منڈیا ہلا دی اور اسی دم گوری پاشا نے پانچ سو روپے گن دیے۔ دل رکھنے کو بولیں "تو دل چھوٹا نکو کرو، ایسے تو گھاٹے میں نئیں رہیں گی۔ ذرا مریم بوا اللہ کی نظر

ہونے دے۔ اتنے لوگاں نیاز نذر لے نے کو آئیں گے کی تیرا گھر سونے چاندی سے بھر جائیں گا۔ صغیرہ بیگم نے اپنی بیٹی کے واسطے جو کنیز اللہ کے نام پلہ چھوڑے تھے تیرے کو معلوم ہوئیں گا مجذوب ہوگئی تھی، بے ہوشی میں سچی سچی باتاں بولتی تھی تو کیسے اس کے سامنے لوگاں نذر لے لے کو آتے تھے۔"

شمشاد بوا سُن بیٹھی رہیں۔

مگر اب ان سے آنسو روکے نہ رک رہے تھے۔ کون ماں ایسی ہوگی جو نہ چاہے گی کہ اس کی اولاد کا گھر بسے، سکھ چین سے خوشی ہنسی وہ اپنی سسرال سدھارے۔ مرد کے ساتھ زندگی گزارے اور بال بچوں میں مگن رہے؟ یہاں تو پانچ سو میں ساری زندگی ہی تلپٹ ہوگئی۔ مریم کچھ سمجھی کچھ نہ سمجھی — گوری پاشاں نے اس کا ہاتھ پکڑ کر اسے محبت سے سمجھایا! "دیکھ مریم تو زیادہ اس کمرے سے باہر نکو آیا جایا کر — تو اب بی بی بن گئی تیرے کو خود اپنی عزت کا خیال ہونا۔ چپ ادھر ادھر بھاگنا کھیلنا نہیں، بس نماز قرآن پڑھ لیتے بیٹھے رہنا۔"

مریم نے، جس کے کھانے کھیلنے، بھاگنے دوڑنے کے بھرپور تھے بے حد بے بس اور مظلوم نگاہوں سے گوری پاشا کو دیکھا اور سہم کر سر جھکا لیا

---

عمر عزیز کے ۲۷ سال پورے کر لینے کے بعد اب حسن بانو میں لڑکی پن کی کوئی ادا باقی نہ رہ گئی تھی۔ گوری پاشا واقعی گوری تھیں۔ ماں باپ نے غلط نام نہیں رکھا تھا۔ مگر گوری پاشا نے جنے کیا سوچ کر بٹیا کا نام حسن بانو رکھ دیا تھا۔ نام کی اچھی خاصی تہمت تھیں بیچاری — پھر کھلنے پینے

کی ریل پیل، نہ ماں باپ کی ڈانٹ ڈپٹ، نہ پڑھنے لکھنے کی پابندی۔ گوشت کو جدھر جدھر راستہ ملا بڑھتا چلا گیا۔ بیٹھتیں بھتیں تو لگتا تھا گوشت کا ایک چھوٹا سا پہاڑ بیٹھا ہوا ہے۔ کہتے ہیں ماں باپ کا کیا کرایا، اچھا ہو یا برا —— اولاد کے آگے آتا ہے۔ یہ اللہ ہی کو معلوم کہ گوری پاشا اور بڑے نواب نے کیا کیا تھا۔ مگر اللہ کے عتاب میں آئی تو حسن بانو ہی — ہزاروں روپے پیسے کا لالچ بھی کسی کو پرچا نہ سکا۔ کتنے ہی دیکھنے والے آتے — آکے پھر جو جاتے تو صورت ہی نہ دکھلاتے۔ ماں نے کیا کیا جتن نہ کر ڈالے۔ سہاگ کا جوڑا ان کے جسم تک کبھی نہ پہنچ پایا۔ مشاطہ سے ایک بار تو یہ تک گپ چپ ہو گئی کہ بھلے سے ایک بار کسی اور لڑکی کو بتا دیں گے، ہاں تو ہو جائے — عین وقت پر ڈولی میں حسن بانو کو سوار کرا دیں گے۔ مگر کسی پیٹ پھولے کی وجہ سے یہ بھگل بھی کھل گئی — اب آخری حربہ گوری پاشا نے استعمال کر ڈالا — اس سے پہلے ان کے اپنے خاندان میں! اللہ کے نام یہ تین کنواری لڑکیاں چھوڑی گئی تھیں اور اللہ کی شان مری ماری ممر لڑکیاں بھی دلہنیں بن بن کر سسرالوں سدھار گئیں، تو حسن بانو کے لئے دی گئی نذر اللہ کیسے نہ قبول کرتا۔؟ ابھی چند ہی دن گزرے تھے کہ حیدرآباد ہی کا ایک پیام آگیا — گوری پاشا کی جوانی ہی جیسے لوٹ آئی۔ بارہ برس کی چھوکری کی طرح یہاں وہاں اچھلتی پھر رہی تھیں — مریم کو ایک اور نیا جوڑا سلوا کر پہنا دیا۔ منہ چوم چوم کر اسے جتایا۔ "دیکھ بی بی دل لگا کو عبادت کیا کر۔" اور اس کی ماں سے الگ بتایا — دیکھ شمشاد حسن بانو کی شادی ہونے کے بعد بھی اسے اللہ کی باندی بنا کو رکھنا —— نئیں تو میری بیٹی کو برے دن دیکھنا پڑیں گے۔

پہلے لڑکے کی ماں بہن نے آکر لڑکی دیکھی ۔ حالانکہ پسند نہیں کی ۔ مگر پھر بھی واپس نہ گئیں بلکہ خط لکھ کر اپنے رشتے داروں سے بھی رائے پوچھوائی ۔ جتنے دنوں میں خطوط کے جواب آئیں آئیں بیٹھی مرغن کھانے کھا کھا کر موٹی ہوتی رہیں ۔ پھر ایک دن شکرم منگا کر واپس چلی گئیں ۔ ہاں کہا، نہ ناں

گوری پاشا کا سارا عتاب مریم پر نکلا۔" تو دل لگا کو عبادت نئیں کرتی جبھی تو لوگاں آکو پلٹ گئیں۔ یاد رکھ جو گھر سے باہر نکلی ۔"

پہرا اور کڑا کر دیا گیا ۔

کتنے ہی مہینے یوں نکل گئے اور مریم جوانی کی منزلیں سر کرتی گئی ۔

ایک دن سخت گرمی سے بوکھلا کر مریم صحن میں نکل آئی ۔ شام ہو رہی تھی ۔ نہا کر اس نے بال کھلے چھوڑ رکھے تھے ۔ موتیے کا ایک گجرا کلائی پر لپیٹ لیا تھا ۔ ایک دم صحن میں گوری پاشا نکل آئیں اور اسے دیکھتے ہی سن رہ گئیں ۔ جوانی کیسی پھٹی پڑ رہی تھی ! جو جوڑا انھوں نے پچھلے دنوں اسے سلوا کر پہنایا تھا ۔ جگہ جگہ سے بکس گیا تھا ۔ اللہ کی باندی کو گہنوں پاتوں سے کیا کام تھا ؟ گہنوں سے سوا اس کے ہاتھ پاؤں کیسے لس لس کر رہے تھے جسم میں گلابیاں بھر گئی تھیں ۔ ننداسی آنکھوں سے نہا کر اٹھنے کی وجہ سے سرمہ دھل گیا تھا ۔ ایسی گوری صراحی کی طرح گردن اٹھا کر انھیں دیکھا کہ وہ لرز گئیں ۔ آج صبح ہی سمشاد بولنے ڈرتے ڈرتے ان سے بتایا تھا کہ پرسوں گرمی کے مارے مریم صحن میں نکل آئی تھی ۔ ان کے کسی رشتے دار کے بھتیجے نے اسے دیکھ لیا اور حالات سے بے خبر پیام ٹھونک دیا ۔ تب سے گوری پاشا ڈری سہمی تھیں کہ کہیں مریم کے کانوں تک نہ پہنچ جائے کہ کوئی اس کا

خرید رکھی ہے! آئینہ تو اس کے کمرے میں تھا ہی نہیں، پانی بھی اسے کٹورے میں نہ پینے دیتیں کہ اس میں عکس دیکھ کر آگاہ نہ ہو جائے کہ کیسا نرگسی حسن پایا ہے!

کم وبیش اور دو سال گزر جانے کے معنی تھے کہ پینتیس سال پورے ہونے میں حسن بانو کو صرف ایک سال باقی رہ گیا ہے اور مطلب یہ کہ ان ہی دو سالوں نے مریم کو قیامت بنا دیا ہے۔ اور اب تک اللہ نے نذر نہیں قبول کی۔ اس کا مطلب یہی تھا کہ مریم دل لگا کر عبادت نہیں کرتی۔

لیکن گوری پاشا کا خدشہ بے بنیاد تھا۔ اس لئے کہ مریم کی توجہ کا مرکز واقعی صرف خدا ہی تھا اور اس کا ثبوت یوں ملا کہ اس واقعے کے بعد پھر سے اچانک علی گڑھ سے ایک دھڑ دھڑاتا ہوا پیام ایسا آگیا کہ خود نوشہ میاں بھی ماں بہن کے ساتھ چلے آئے۔

ہوا یہ کہ نواب صاحب کے جان پہچان والوں میں سے کسی کا علی گڑھ جانا ہوا۔ وہاں حسن بانو کا ذکر نکل آیا کہ بے حساب پیسہ ہے اور لڑکی۔ بس یہ کہ انسان کا بچہ ہے، کیا مضائقہ ہے اگر دیکھ ہی لیا جائے۔ حسن نہ سہی دولت ہی بے حساب سہی۔ گوری پاشا نے مہمانوں کو ہاتھوں ہاتھ لیا ایسی خاطر تواضع کی کہ عربوں کو مات دیدی۔ روز دعوتیں روز دعوتیں۔ پھر اسی پر بس نہیں، مہمان کو یہاں گھمانا، وہاں گھمانا، وہاں پھرانا۔ ایک دن چودھویں کا چاند آسمان پر کھلا ہوا تھا۔ گوری پاشا نے اپنے مہمانوں کو خوش کرنے کے لئے گنڈی پیٹھ کا پروگرام بنایا۔ بڑے نواب صاحب کی فورڈ میں سب لد کر روانہ ہو گئے، سوائے ایک ظفر میاں کے، ان کا جی ٹھیک نہیں تھا۔ ویسے بھی وہ ذرا تنہائی پسند تھے۔

رات بھیگ چکی تھی۔ مارے اکتاہٹ کے وہ صحن میں نکل آئے، امی جان اور باجی کی منطق ان کی سمجھ میں نہیں آ رہی تھی کہ انھیں ایم لے، کا امتحان دینا تھا اور وہ ان کو یہاں گھسیٹ لائی تھیں پھر یہ کہ چار چھ دن ہو چکے تھے، قاعدے کے مطابق امی جان نے لڑکی بھی دیکھ ہی لی تھی۔ پھر پیام دیکر ہست نسبت کر دیتیں۔ پتہ نہیں کیا سوچ بچار ہے؟ کدھر پھنس گیا میں بھی. مجھے بھی لڑکی کی ایک جھلک کسی بہانے دکھا دیں گی۔ تو وہ بھی نہ ہوا۔ بردکھوا تو خیر ہو گیا اور میں انھیں پسند آ بھی گیا۔ وہ خود ہی ہنس پڑے — یہ بردکھوا بھی عجیب چیز ہے۔ اور اگر میں انھیں پسند نہ آیا تو — ؟ انھوں نے صحن میں پڑا ہوا ایک چھوٹا سا کنکرا اٹھا کر یوں ہی ہوا میں اچھال دیا

صحن میں مہندی کی اوٹ میں مریم نے جاءنماز بچھا کر ابھی ابھی نماز سے فراغت حاصل کی تھی۔ گرمیوں کی السائی ہوئی رات تھی وہ کمرے کی گرمی سے گھبرا کر اکثر موتیا اور مہندی کی باڑھ کے پیچھے نماز پڑھ لیا کرتی تھی۔ دعا کے لئے اس نے اللہ کے حضور ہاتھوں کا پیالہ سا بنا رکھا تھا کہ پٹ سے وہ کنکر اس کے ہاتھوں میں آگیا اس نے آگے کو سر جھکا کر دیکھا کہ کنکر کیسے آیا؟ — اسی دم ظفر میاں کی نظر بھی ادھر ہی اٹھ گئی۔ مریم نے بڑی حیرت سے انھیں دیکھا۔ کتنے سال تک ہو گئے تھے اس نے کسی مرد کی صورت نہ دیکھی تھی۔ اور اب دیکھی تو ظفر میاں کی، سانولا، سلونا مردانہ وجاہت سے بھرپور چہرہ ہلکی ہلکی مونچھیں، سادہ قمیض پاجامہ، اونچا قد، وہ شاید بستر سے اٹھ کر چلے آئے تھے کہ بال بے ترتیبی سے ماتھے تک اتر آئے تھے۔ علی گڑھ کے رہے، پلے، بڑھے، پڑھے لکھے، ظفر میاں ایسی موم کی ناک تو تھے نہیں کہ

حسین چہرے کو دیکھتے اور یوں ہی چپ رہ جاتے، آگے بڑھے اور مسرور ہوکر بولے "آپ اتنی حسین ہیں کہ اصلی نہیں نقلی لگتی ہیں۔ تو پھر امی اور باجی نے دیر کیوں لگائی ہے؟ کیا میں یا دنیا کا کوئی مرد آپ کو ناپسند کر سکتا ہے؟ بلکہ نعوذباللہ آپ کو سجدہ بھی کر سکتا ہے۔"

مریم اب بھرپور جوان تھی، سولہ سال کی عمر میں اس نے وہ رنگ روپ نکالا تھا کہ جو دیکھے بہہ جائے۔ نہ محنت نہ مشقت آرام کی کھانے اور روز روز کی صفائی اور غسل نے اس جوانی کو بھرپور راستہ دیا کہ بڑھتی چلی آ، اور جب جوانی جوانی کو دیکھتی ہے تو بغیر سمجھائے سب کچھ سمجھ جاتی ہے۔ مریم اب بچی نہ تھی اور یہ بھی سمجھتی تھی کہ اسے راہبہ کا درجہ کس نے اور کن حالات نے دیا ہے۔ وہ ذرا رکتے، جھجکتے بولی، !"آپ غلط نکو سمجھو، میں وہ نہیں جو آپ سمجھ لے رئیں — میں اللہ کے نام پو چھوڑی ہوئی کنیز ہوں، میں مریم ہوں اس ڈیوڑھی کی ماما کی لڑکی۔"

ظفر میاں حیدرآباد کی اس خبیث رسم سے واقفیت رکھتے تھے اور یہ جانتے تھے کہ حالات کی ماری روحیں ہر کڑا ستم کس طرح اٹھانے پر مجبور ہیں۔ وہ بڑے دکھ سے بولے: "مطلب یہ ہے کہ آپ پر خوشیوں کے سارے دروازے بند ہیں؟"

مریم نے سر جھکا دیا

وہ پھر بولے: "اور آپ نے کبھی اس ظلم کے خلاف کوئی آواز بھی نہیں اٹھائی؟"

مریم نے آنکھیں اٹھا کر انھیں دیکھا۔ وہ سبز آنکھیں جو کاجل مرے سے

بے نیاز تھیں۔ پھر بھی تلوار تھیں۔
مریم انھیں بس دیکھتی رہی۔ کیا یہ آپ کے نام کی سزا ملی ہے کہ عمر بھر کنوار پن کا دُکھ بھوگتی رہیں۔ ؟"
مریم کچھ بھی نہ بولی۔
" آپ کتنے سالوں سے اس عبادت گاہ میں بند ہیں جس کی قید اور زنجیریں آپ کے حسن، جوانی اور الھڑپن کے گرد حصار نہیں باندھ سکیں۔ ؟"
مریم نے ایک لمبی سانس لے کر اپنی خوبصورت کافوری انگلیاں اٹھا دیں
سات سال! میرے خدا، ظفر میاں نے سر تھام لیا۔ "اتنے سارے سالوں میں کبھی آپ نے چاند دیکھا" مریم نے انکار میں سر ہلایا
" کبھی آپ نے پھول دیکھے؟ کبھی آپ نے برسات کی پہلی بوچھار دیکھی جو پیاسی سے پیاسی دھرتی کو بھی سیراب کر دیتی ہے۔؟ کبھی ان آوارہ بادلوں کی آنکھ مچولی دیکھی جو دل میں سوئی ہوئی امنگوں کو جگاتے ہیں۔؟ جاڑوں کی گرم صبحیں، گرمیوں کی خنک شامیں۔ برسات کی کپکپا دینے والی راتیں یہ سب آپ کے دل پر سے ہو کر گزری ہونگی، لیکن آپ نے کبھی اپنے حق کے لئے کوشش کی۔ ؟"
"جی ؟ مریم نے بڑے اچنبھے اور بھول پن سے پوچھا۔" میں کیا کوشش کرتی ؟ میں نمازیں پڑھ پڑھ کو دعائیں مانگتی تھی کہ اللہ چھوٹی پاشا کے سہرے کے پھولاں کھلادے۔
ظفر میاں اچانک آگے بڑھے۔ " اور کبھی یہ سوچا کہ دوسروں کے پھول کھلاتے کھلاتے تمہارے اپنے چہرے کا یہ پھول ایک دن اپنی

تازگی کھو بیٹھے گا۔" اور انھوں نے اپنے ہاتھوں کے پیالے میں مریم کا پاکیزہ چہرہ تھام لیا۔

مریم سر سے پاؤں تک لرز کر پیچھے ہٹ گئی۔ "خدا کے واسطے آپ میرے کونکو چھوڑ دیجئے۔ خدا ناراض ہو جائیں گا۔ آپ کو نہیں معلوم..."

ظفر میاں تیز لہجے میں بولے۔ "کس خدا نے تمہیں یہ سزا دی ہے؟ اس ڈیوڑھی کے خداؤں نے! اوپر والے نے آج تک کسی کو ایسی بھیانک سزا نہیں دی۔ جانتی ہو مریم۔ مرد عورت ایک دوسرے کے لئے ہی بنائے گئے ہیں اور خدا نے یہ جوڑے بنائے ہیں۔ خدا جوڑے ملاتا ہے توڑتا نہیں تم..... تم شاید میرے لئے ہی تھیں۔"

مریم نے گھبرا کر اسے دیکھا "آپ کو نہیں معلوم پاشا..."

"مجھے سب معلوم ہے مریم.. میں سب جانتا ہوں اس چند دنوں کے مختصر قیام میں، میں اتنا کچھ جان گیا ہوں کہ شاید تم اتنے سارے سالوں کی زندگی میں نہیں جان سکی ہوگی۔ شمشاد بوا کو جانتی ہو انھوں نے مجھے سب کچھ بتا دیا ہے۔ یہ بھی کہ امی جان اور باجی ہیش بیش میں ہیں۔ بے انداز دولت نے ان کی آنکھیں چکا چوند کر دی ہیں۔ اور یہ طے نہیں کر پا رہے ہیں کہ مجھ سے بڑی، جو شکل صورت میں بھی اچھی نہیں ایک لڑکی کے عوض یہ سودا قبول لینا دانش مندی ہوگی یا بے وقوفی۔" وہ رک کر ہنسے، "اور شمشاد بوا نے مجھے یہ بھی بتایا ہے کہ تم ان کی اکلوتی لڑکی ہو۔" مریم نے گھبرا کر سر اوپر اٹھایا۔

"اور یہ بھی کہ اس وقت تم ان ہی کے کہنے پر ادھر مہندی کی اوٹ میں عبادت کر رہی تھیں اور یہ کہ اگر آج رات میں تمہیں یہاں سے لیکر چلا

جاؤں تو وہ باقی زندگی بڑے سکون کے ساتھ گذار سکیں گے۔"

مریم کی آنکھیں پھیل گئیں۔

"میں تو ویسے بھی یہاں سے جانے ہی والا تھا لیکن شاید خدا نے لکھ دیا تھا کہ میں تنہا نہ جاؤں۔" وہ مریم کے چہرے کو پڑھنے کی کوشش میں اس کے قریب سرک آئے۔" مریم آج تک اس ڈیوڑھی کی ان مہیب اور ہولناک دیواروں نے تمہارا صبر لوٹا ہے، تمہیں منہ چڑھاتی آئی ہیں۔ آج حوصلہ کر کے تم یہ بلندیاں سر کر لو۔"

"مگر... م... م... میں نے پاشا کا نمک..."

نمک اور شکر کو مارو گولی، کوئی کسی کا دیا نہیں کھاتا۔ سب خدا کا دیا کھاتے ہیں۔ تمہاری جہالت نے تمہیں اس قید میں ڈال رکھا ہے تم میرے ساتھ علی گڑھ چلو۔ پہلے ہم شادی کریں گے۔ پھر میں تمہیں پڑھاؤں گا۔ آں؟! انھوں نے بڑے پیار سے اس کی آنکھوں میں جھانکا، وہ آنکھیں وہ کنواری اور معصوم آنکھیں۔ وہ پاکیزہ آنکھیں جو آج تک کسی مرد کی طرف نہیں اٹھی تھیں۔

"اور ہمارے گئے پیچھے لوگاں جو باتاں بنائیں گے؟" اس نے بیحد ڈر کر پوچھا۔

ظفر میاں ہنس دیئے۔" باتیں بنانے والے کب باتیں نہیں بناتے جان!"

سرخ سرخ بجری ان دونوں کے پیروں تلے بجنے لگی۔ اس کا گلابی گلابی، نرم گرم ہاتھ تھامے وہ بڑھتے ہی گئے۔

دکنی نوابی ماحول کے افسانوں کا ایک اور مجموعہ

# لڑکی بازار

مصنفہ : واجدہ تبسم

بین الاقوامی ایڈیشن جلد منظر عام پر آرہا ہے